시시콜콜 목욕의 역사

시시콜콜

목욕의 역사

왜 우리는 씻기 시작했을까?

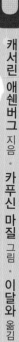

캐서린 애쉔버그 지음 · 카푸신 마질 그림 · 이달와 옮김

씨네스트

차례

들어가며   '청결'에 관한 근거 없는 이야기 여덟 가지 · 10

제 **1** 장

고대인들의 청결 개념 : 기원전 3000년 ~서기 306년

여행 중에 목욕을 한 텔레마쿠스 · 23

깔끔했던 그리스인들 · 25

그리스인들의 목욕 · 27

히포크라테스의 처방 · 29

알몸으로 운동한 고대 그리스인들 · 29

강한 남자가 되려면 냉수욕을 해야 한다 · 30

고대 로마인들의 목욕 · 34

공중 목욕탕의 소음 · 36

온천욕을 즐긴 일본인들과 한증을 즐긴 북미 지역 원주민들 · 37

제 2 장

몸을 씻지 않은 성인(聖人)들 : 307년 ~1550년

베일 뒤에서 • 43
게르만족의 침략과 황제 대욕장의 종말 • 46
거룩한 사람은 몸을 씻지 않았다 • 49
터키식 목욕을 유럽에 소개한 십자군 전사들 • 51
소변으로 이를 닦은 사람들 • 54
공중 목욕탕의 종말을 초래한 흑사병 • 55

제 3 장

고약한 냄새 : 1550년 ~1715년

얼굴을 씻기로 결심한 팔라틴 공주 • 63
몸에 낀 때가 병을 막는다고 생각한 사람들 • 65
이슬람교도들의 독특한 목욕 • 66
목욕은 건강한 사람에게도 위험할 수 있다 • 67
옷만 갈아입고 씻지는 않았던 루이 14세 • 69
때를 밀지 않은 왕과 왕비 • 71
아무 곳에서나 대소변을 봤던 시절 • 74

제 **4** 장

차가운 것을 좋아하는 사람들 : 1715년 ~1800년

냉수욕으로 남자 아이를 강하게 키우는 법 • 79

차가운 바닷물로 치료받은 환자들 • 81

청결을 강조한 장 자크 루소 • 83

청결한 여자 아이는 향수보다 더 달콤한 향을 풍긴다 • 83

혁명과 함께 변화한 프랑스 궁정의 패션 • 85

실내 화장실을 만든 영국인들 • 87

목욕용 가운을 입고 욕조에 들어간 여인들 • 88

제 **5** 장

공중 목욕탕 : 유럽, 1800년 ~ 1900년

목욕탕에 간 하녀 • 95

획기적인 발상을 가져온 과학자들의 오류 • 97

청결과는 거리가 멀었던 빈민가의 사람들 • 100

공중 목욕탕의 귀환 • 102

목욕을 하면 죽는다? • 106

제 **6** 장

샤워의 등장 : 북미, 1800년 ~1900년

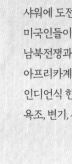

샤워에 도전한 용기 있는 할머니 • 111
미국인들이 청결해질 수 있었던 이유 • 113
남북전쟁과 위생위원회 • 116
아프리카계 미국인들의 청결 의식 • 118
인디언식 한증막의 치유력과 영적인 힘 • 121
욕조, 변기, 세면대를 갖춘 완성형 욕실의 등장 • 123

제 **7** 장

비누 광고와 연속극 : 1875년 ~1960년

비누 광고 • 129
물에 뜨는 비누 • 132
비누 판매를 위한 새로운 전략 • 133
소비자의 필요에 부합한 구강 청결제 • 136
겨드랑이 땀 냄새와 탈취제 광고 • 139
청결에 대한 욕망 • 140

제 **8** 장

집 안에서 가장 성스러운 곳 : 1960년 이후의 현대

외모와 청결에 집착하는 미국인들 • 145
욕실이 많아야 잘 사는 집이다! • 148
청결과 위생에 반기를 든 젊은이들 • 149
여유 있는 사람들의 호화로운 욕실 • 151
물을 절약하려면 어떻게 해야 하나 • 152
머리를 감지 않는 사람들 • 154

제 **9** 장

청결에 대한 새로운 인식 : 미래로

건강에 유익한 미생물들 • 161
늘어나는 결벽증 환자들 • 164
엄격한 청결 기준과 위생 가설 • 166
미생물에 대항할 수 있는 가장 좋은 방법 • 168
깨끗하게 살 것이냐 아니면 더럽게 살 것이냐 • 170

이미지 크레딧 • 174
참고도서 • 177
찾아보기 • 180

'청결'에 관한
근거 없는 이야기
여덟 가지

INTRODUCTION

몸을 씻는다고 해서 배고픔을 달랠 수 있는 것도 아니고, 목마름을 해소할 수 있는 것도 아니며 추위를 피할 수 있는 것도 아니다. 사람들은 왜 몸을 씻을까? 아이들은 "부모님이 시켜서"라고 할 것이고, 어른들은 "좋은 인상을 주려고" 또는 "깔끔한 것이 건강에 좋기 때문에"라고 할 것이다. 인류 역사를 통틀어 보면 인간은 신에게 경의를 표하기 위해, 질병을 다스리기 위해, 인생의 중요한 변화를 기념하기 위해 등 온갖 이유로 몸을 씻어 왔다.

　언뜻 생각하면 욕실이나 목욕탕은 대단히 일상적인 것들이다. 그것들을 통해 사람들의 가치관과 꿈을 이해할 수 있다고 생각하는 것이 이상스럽기는 하지만 사실이 그러하다. 사람들이 때와 청결을 인식하는 방식을 보면 그들이 속한 사회에 대해 많은 것을 알 수 있다. 아주 오래 전부터 인류는 스스로를 깨끗하게 하는 방식들에 대한 이론들을 갖추고 있었다. 비록 그 이론들 가운데 상당수가 잘못된 것으로 밝혀졌지만 그럼에도 불구하고 청결에 대해 잘못 이해하고 있는 사례들이 아직 많이 남아 있다. 그 대표적인 예 몇 가지를 살펴보도록 하자.

청결에 대한 정의는 어느 시대, 어느 곳에서나 같다.

대부분의 사람들이 자신은 '청결'의 의미를 잘 알고 있다고 믿고 있으며 그 "청결함"을 자신이 생각하는 것과 다르게 정의할 수 있다는 생각은 아예 하지도 않는다는 점이 매우 흥미롭다. 그런데 이것은 사실과 다르다.

17세기의 프랑스 귀족은 리넨 셔츠를 매일 갈아입고 물 속에 손을 살짝 넣었다 빼는 것이 '청결'이라고 생각했지만, 손 이외의 나머지 신체 부위에 물이나 비누가 닿게 하는 일은 결코 없었다. 1세기의 로마 여인들은 두 시간 넘도록 온도가 다른 물을 몸에 끼얹었고, 온탕과 냉탕에 번갈아 들어가고, 온탕의 김을 쐬고, 도구를 이용해 피부의 땀과 유분을 긁어내고 난 다음에야 '깨끗해졌다'고 느꼈다. 그들은 여러 사람이 이용하는 공중 목욕탕에서 매일 그렇게 씻었지만 비누는 사용하지 않았다. 남아프리카의 짐바브웨인(人)들은 씻은 몸에 기름과 흙을 섞어 펴 바른 후에야 깨끗하다는 느낌을 갖는다. 여러분의 부모님은 물론이고 프랑스 귀족과 로마의 여인들 그리고 짐바브웨인들까지 모두가 청결이 중요하다고 생각했고 청결을 유지하는 자신의 방식이 가장 옳다고 확신했다.

청결은 근대의 기술 발전에 기인한다.

배관과 공학 기술의 발달로 인해 청결에 대한 유럽과 북미의 근대적 기준이 가능하게 된 것이 사실이다. 그러나 그보다 훨씬 더 중요한 것은 과연 사람들이 씻고 싶어 하는가에

대한 문제이다. 로마 시대에 공중 목욕탕의 난방 및 급수 시스템은 상당히 발달해 있었다. 그러나 사람들이 물을 무서워했고 씻는 일이 중요하지 않았기 때문에 로마 시대 이후의 13세기 동안은 어느 곳에서도 그런 기술을 재현해 내지 못했다. 아즈텍족(族)과 나바호족은 현대식 사우나가 나타나기 오래 전부터 증기를 이용해 목욕을 즐기는 방법을 고안해냈다.

20세기에 접어들 때까지도 사람들은 지독히 더러웠다.

역시 모르시는 말씀! 고대 이집트인, 아즈텍족, 중국인과 그리스인은 청결에 대해 상당히 합리적으로 의식하고 있었고, 로마인들은 엄청나게 깔끔했다. 심지어 중세 유럽인들은 가까운 곳에 있는 한증탕을 즐겨 찾았다. 특히 유럽과 북미 지역에서는 시간이 흐르면서 '청결도'가 향상되기도 했지만 그 반대가 되는 경우도 있었기 때문에 그 발전 양상을 체계적으로 말하기는 어렵다.

그렇지 않다. 역사상 여러 시기에 의료계 종사자들과 과학자들이 최악의 조언을 한 경우가 종종 있었다. '반짝거릴 정도로 청결할 필요가 있는가'라는 문제에 대해 전문가들은 항상 이견을 보여 왔다.

유럽과 북미 지역 사람들은, 옷을 벗고 씻는 일을 '아무도 없는 곳에서 혼자 하는 것'이라고 생각한다. 그런데 로마인들에게 '깨끗해지는 것'은 파티와 같은 것이었

고 또 오늘날 다른 사람들과 함께 몸을 씻고 있는 인도네시아인, 터

키인, 핀란드인, 헝가리인, 그리고 다른 민족들에게도 그것은 파티와 같은 것일 수 있다.

청결은 종교와 문화, 지형 그리고 과학과 밀접히 관련되어 있다. 이슬람교의 확산, 미국의 남북전쟁, 산업혁명, 인류 역사상 최악의 전염병, 일본의 풍부한 온천 자원, 미국 호텔의 발달 그리고 그 밖의 많은 일들이 청결에 영향을 미쳤다. 청결의 역사를 탐구해 나가는 것은 흡사 비누거품을 통해 세계의 역사를 보는 것과 같다.

그렇게 하는 것이 반드시 유익한 것은 아니다. 단 하나의 간단한

습관만으로도 건강을 지킬
수 있다. 그리고 이 책을
끝까지 읽으면 그것이 무
엇인지 알게 될 것이다.

역시 틀린 말이다. 청결과 관
련된 역겨운 이야기들도 많다.
비위가 약하신 분들은 이 책이
분비물과 체액, 고약한 냄새 그
리고 그 밖의 충격적인 것들에
대해 언급하고 있다는 것을 미리
알아 두기 바란다.

- 제 **1** 장 -

고대인들의
청결 개념

기원전 3000년~서기 306년

chapter 1.

Ancient Grime
3000 BCE TO 306 CE

여행 중에 목욕을 한 텔레마쿠스

필로스와 스파르타, 기원전 12세기

텔레마쿠스는 불행했다. 그가 아기였을 때 아버지 오디세우스가 트로이 전쟁에 참전했는데 그 후 20년 동안 아버지의 소식을 알 수 없었다. 또한 텔레마쿠스의 집은 어머니 페넬로페에게 구혼하는 거칠고 폭력적인 남자들로 북적였다. 그들은 텔레마쿠스가 먹을 음식과 와인을 먹어 치우며 밤새 술에 취해 노래를 불렀다. 텔레마쿠스는 그들을 증오했다. 하지만 너무 어렸기 때문에 그들을 내쫓을 수 없었다. 그러던 어느 날 아테나가 변장을 하고 텔레마쿠스를 찾아갔다.

여신은 텔레마쿠스에게 "너는 더 이상 어리지 않다. 이제 강해져야 하고 아버지를 찾아 나서야 한다. 그리고 만약 아버지가 전사했다면 당장 집으로 돌아와 어머니를 괴롭히는 자들을 처리해야 한다"고 말했다.

아테나는 소년 텔레마쿠스에게 자신감을 북돋아 주었고 텔레마쿠스는 곧장 네스토르가 다스리는 필로스로 향했다. 네스토르의 저택은 텔레마쿠스의 어수선한 집과는 정반대였다. 음식과 마실 것 그리고 손 씻을 물과 욕조까지 완비되어 있었다. 고대 그리스 사람들은 그랬다. 자신의 집을 찾아오는 귀한 손님에게 목욕물과 욕조를 준비해주는 것은 물론 목욕을 도와줄 하인까지 보내주었다. 그런데 명망 높은 왕이자 전사인 오디세우스의 아들 텔레마쿠스에게는 특별한 대접 하나가 추가되었다. 바로 네스토르의 막내 딸 폴리카스테가 그의 목욕을 도와주었던 것이다. 폴리카스테는 목욕을 마친 텔레마쿠스의 몸에 올리브 오일을 발라주었다. 폴리카스테가 건네준 튜닉[1]을 입은 텔레마쿠스의 모습은 너무도 당당하고 아름다웠다. 보는 사람마다 텔레마쿠스가 아버지를 그대로 빼닮았다고 했다. 그러나 소년 텔레마쿠스가 닮고 싶었던 것은 아버지의 아름다운 모습뿐만이 아니었다. 텔레마쿠스는 아버지처럼 지략이 뛰어나고 용맹한 사람이 되고 싶었다.

---

1) 허리 밑까지 내려와 벨트를 두르게 된 낙낙한 블라우스

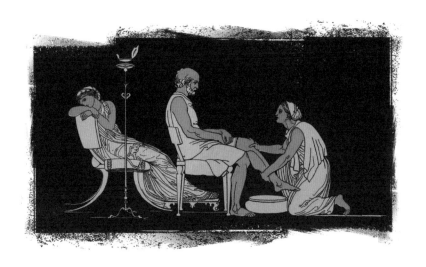

　네스토르의 집을 나선 텔레마쿠스는 스파르타로 향했다. 스파르타의 왕 메넬라우스와 그의 아내 헬렌 역시 따뜻한 목욕물과 음식으로 텔레마쿠스를 환대했는데 이번에는 하인이 텔레마쿠스의 목욕을 도와주었다. 스파르타 왕실의 편안한 분위기 속에서 마음가짐을 새롭게 한 텔레마쿠스는 '어떤 어려움이 있어도 아버지를 찾을 것이고 어머니에게 구혼하는 무리를 쫓아내겠다'고 다짐했다.

깔끔했던 그리스인들

　텔레마쿠스, 오디세우스, 페넬로페는 호메로스의 서사시 《오디세이아》[2]에 나오는 주요 인물들이다. 그들은 호메로스가 살았던 시대의 그리스인들처럼 아주 깔끔한 사람들이다. 그리스인들이 신에게 제물을 바치거나 예배를 드리기 전에 몸을 씻었던 것처럼 페넬로페 또한 남편과 아들을 돌아오게 해 달라는 기도를 올리기 전에 몸을 씻는다. 그리고 그리스인들이 여행을 떠나기 전에 목욕을 하거나, 손님이 찾아오면 손 씻을 물을 먼저 내준 다음 목욕을 할 수 있도록 준비해 주었던 것처럼 텔레마쿠스 또한 아버지를 찾아 떠나기 전에 목욕을 하는 것은 물론 손님으로 찾아간 곳에서도 목욕을 한다.

호메로스는 목욕과 관련된 것들을 즐겨 묘사한다. 예를 들면 〈불위에 삼각대를 놓고 그 위에 구리 용기를 올려 물을 부어 데운 다음 그 물을 황동이나 돌로 만든 욕조에 가득 채웠다〉와 같은 식으로 묘사하는 것이다. 호메로스의 이야기에 등장하는 인물들은 목욕을 마친 후에 훨씬 더 깔끔해 보이고 가끔은 신과 닮아 보이기까지 한다. 그것은 《오디세이아》가 신화적인 이야기이기 때문이기도 하지만 다른 한편으로 여행에 나선 고대 그리스인들이 무더운 날씨에 먼지를 뒤집어쓰고 다니다가 목욕물에 몸을 푹 담그고 난 후에 몸이 더 깨끗해졌기 때문이기도 하다.

---

2) 트로이아 전쟁의 영웅 오디세우스의 10년간에 걸친 귀향 모험담으로 서양문학사에서는 모험담의 원형으로 간주된다.

그리스인들의 목욕

  기원전 5세기경, 하인과 노예를 둔 아테네 사람들은 어렵지 않게 몸을 청결히 할 수 있었을 것이다. 부엌 옆에 몸을 씻을 수 있는 공간이 있었을 것이고, 레이브럼labrum[3]이라는 세면대가 있었을 것이다 (세면대 모양은 커다란 버드배스birdbath[4] 같았을 것이다). 그리고 하인들이 가까운 우물이나 집 안 수조에서 물을 길어 세면대에 붓거나 씻는 사람의 몸에 직접 부어 주었을 것이고, 욕조 안의 물은 배수관을 통해 집 밖으로 흘러 나갔을 것이다(몸을 씻는 곳에 욕조가 있었을 것이고 욕조의 크기는 다리를 밖으로 뻗고 앉을 수 있을 정도였을 것이다).

  하지만 가난한 사람들과 하인들은 몸을 청결히 하기가 쉽지 않았을 것이다. 아마 그들은 가끔 공중 목욕탕을 이용했을 텐데 당시에는 무료 또는 매우 저렴한 비용으로 공중 목욕탕을 이용할 수 있었기 때문이다.

---

3) 위쪽 테두리가 몸체보다 두껍고 깊이가 얕은 대야
4) 새를 목욕시키는 물 쟁반

공중 목욕탕에서 몸을 씻은 고대 인도인들

　청동기 시대에 오늘날의 파키스탄과 인도 북서부 지역에 해당하는 인더스 강 유역에서 평화롭고 풍요로운 문명이 탄생했는데 고고학자들은 이것을 인더스 문명이라고 불렀다. 인더스 계곡에 살았던 사람들 또한 청결을 중요하게 여겨 벽돌로 지은 집 안에 우물과 욕실을 두었고 욕실에서 사용한 물은 지하 배수관을 통해 집 밖으로 흘러 나가게 했다.

　한편 1926년에 인더스 강 유역의 집터를 발굴하던 고고학자들이 지구 상에서 가장 오래되었을 것으로 추정되는 공중 목욕탕을 발견했는데 그것은 기원전 약 3000년경에 만들어진 직사각형(12×7ｍ)의 웅덩이로 가장 깊은 곳의 깊이가 2.4ｍ에 달한다. 학자들에 따르면, 신체의 일부 또는 전신을 물로 씻는 것은 정화와 부활을 기원하는 종교 의식의 일부이며 이른바 '대목욕탕Great Bath' 또한 종교 의식에 활용되었을 가능성이 높다.

히포크라테스의 처방

외과적 수술 및 의약품에 관한 한 고대 그리스의 의사들이 할 수 있는 일은 많지 않았다. 그래서 그들은 종종 목욕을 처방했는데 기원전 5세기의 저명한 의사 히포크라테스가 바로 그 분야의 고수였다. 그는 냉탕 목욕과 열탕 목욕을 적절하게 번갈아 함으로써 몸속의 체액을 〈균형 상태〉에 이르게 할 수 있다고 믿었다. 또한 그는 따뜻한 물로 목욕을 하면 신체가 유연해지고 영양분이 잘 흡수되며 소변보기와 두통에 관련된 병증도 어느 정도 호전될 수 있을 것이라고 믿었다. 히포크라테스는 관절에 이상이 있는 사람들에게는 냉수 샤워를 권했고, 여성 질환으로 고생하는 사람들에게는 증기 목욕을 처방했다.

알몸으로 운동한 고대 그리스인들

고대 그리스에는 중산층과 상류층의 10대 소년들이 몸을 씻을 수 있는 특별한 장소가 있었다. 바로 김나지움gymnasium[5]이었다.

아테네 남자들의 중요한 모임 장소였던 김나지움은 노천 운동장과 경주용 트랙 그리고 다양한 용도의 방들로 이루어져 있었다. 그런

---

5) 김나지움은 '벌거 벗는 곳the naked place'이라는 뜻이다.

데 여기서 주목할 것은 운동을 한 그리스 남자들이 몸에 아무것도 걸치지 않았다는 점 그리고 몸에 오일을 바른 후에 흙이나 모래를 그 위에 다시 발랐다는 점이다.

레슬링이나 달리기 또는 구기 종목의 경기를 마친 그리스 남자들은 땀과 뒤섞인 오일과 흙을 스트리절strigil6)로 긁어냈는데 등에 묻은 오일과 흙을 긁어낼 때는 친구나 하인의 도움이 필요했다. 오일과 흙을 모두 긁어낸 남자들은 세면대labrum나 욕조에서 샤워를 했다(당시에는 벽에 구멍을 낸 다음 벽 너머에 있는 하인이 구멍으로 물을 부어 주면 그 물로 몸을 씻었다).

강한 남자가 되려면 냉수욕을 해야 한다

따뜻한 물로 몸을 씻는 '온수욕'은 목욕하는 사람에게 어떤 영향을 미칠까? 고대 그리스인들은 남자가 온수욕을 하면 어른 아이 할 것 없이 나약해지고 예민해진다고 믿었다.

---

6) 구부러진 모양의 금속 도구로 수세기 동안 그리스에서 사용되었으며 로마인들에게도 전해졌다.

기원전 5세기에 아테네의 극작가 아리스토파네스는 희극 〈구름The Clouds〉에서 냉수욕을 하는 강한 남자들과 가꾸기를 좋아하는 남자들의 줄다리기를 희화했다. 〈구름〉의 등장인물들 중 한 사람인 스트렙시어즈는 때에 찌들어 지낸 어린 시절을 애틋하게 떠올리는데 그때만 해도 사람들은 몸을 씻는 일에 큰 관심이 없었다. 스트렙시어즈는 '자신이 번 돈을 배수구에 쏟아

욕조에 몸을 담그지 않은 고대 이집트인들

샤워를 하는 사람들 중 다수가 욕조에 들어가 하는 목욕은 땟물 속에서 하는 것이기 때문에 청결하지 못하다고 생각한다. 고대 이집트 사람들도 이와 똑같은 생각을 했다. 그들은 대단히 깔끔한 사람들이었으며 특히 사제들은 이가 생기지 않게 하려고 날마다 온몸의 털을 면도했다고 한다. 그리고 중산층과 상류층의 이집트 사람들 대부분이 아침에 일어나서 몸을 씻었고 식사 전후에도 몸을 씻었지만 욕조에 몸을 담그지는 않았다. 그들은 노예가 부어 주는 따뜻한 물로 목욕을 했다(바닥에 배수 구멍이 나 있는 욕실에서 노예가 대야나 항아리에 물을 담아 부어 주었을 것이다).

부으며 늘 목욕을 하는' 자신의 아들 같은 남자들보다는 면도와 이발 그리고 목욕에 관심이 없는 남자들을 높이 평가한다. 페어 아규먼트라는 인물은 남자 아이들이 온몸에 오일을 바르며 당혹감을 느

갓 태어난 아기의 와인 목욕

스파르타 사람들은 목욕을 별로 좋아하지 않았다. 하지만 갓 태어난 아기에게는 와인 목욕을 시켰다. 그리스의 역사학자 플루타르크는 와인 목욕을 한 아기가 경기를 일으키면 그 아기는 병약할 것이고 그렇지 않으면 강하고 튼튼한 아이로 자라날 것이라고 믿었다(와인이 소독제 역할을 한다고 믿었던 것 같다). 스파르타 사람들이 갓 태어난 아기에게 와인 목욕을 시킨 정확한 이유는 알 수 없다. 하지만 한 가지 분명한 사실은 스파르타 사람들이 갓 태어난 아기들의 몸 상태를 검사한 후에 그중 약해 보이는 아기들을 골라 언덕에 내다 버렸다는 것이다.

겼을 그 시절을 그리워한다. 그는 뜨거운 물로 목욕을 한 후에 추워서 몸을 바들바들 떠는 남자 아이들을 못마땅해한다.

그리스의 도시 국가였던 아테네와 스파르타는 달라도 그렇게 다를 수가 없었다. 아테네 사람들이 운동선수와 사상가, 예술가들을 존경했던 반면 스파르타 사람들은 오직 운동 선수와 병사들에게만 관심이 있었다.

스파르타 사람들은 사치를 거부했다. 아니 더 정확하게 말하면 평범한 안락함마저도 거부했다. 남자 아이들은 일곱 살이 되면 기숙사에서 단체생활을 했는데 대개는 맨발로 걸어 다니고 거친 갈대밭에서 잠을 자는 등 강인한 훈련을 받았다. 늘 먹을 거리가 부족했던 아이들은 어쩔 수 없이 음식을 훔쳐야 했는데 사실은 그것도 교육의 일부였다.

스파르타에서는 여자 아이들도 군사 훈련을 받았는데 재미있는 것은 어른들이 여자 아이들을 부추겨서 '상대적으로' 열등한 남자 아

공중 목욕탕으로 나들이 간 고대 로마인들

고대 로마인들은 가족끼리 공중 목욕탕에 가서 냉탕, 온탕, 열탕에 번갈아 들어가며 몇 시간이고 느긋하게 쉬었고 또 배가 고프면 목욕탕에서 다양한 음식을 사먹곤 했다. 온 가족이 함께 홍합과 잣 소스를 곁들인 삶은 달걀, 소시지 그리고 리붐libum이라는 뜨거운 치즈 케이크를 먹었을 것이고 아이들은 부모가 마시는 꿀맛나는 와인을 몇 모금 얻어 마셨을 것이다. 공중 목욕탕에서 보내는 하루는 로마 사람들에게 훌륭한 가족 나들이가 되었다. 그러면 어떻게 그런 나들이가 가능했을까?

공중 목욕탕에서 물을 마음껏 사용할 수 있었던 것은 로마 최초의 송수로가 있었기 때문이다. 송수로는 이탈리아 중부의 프레네스티나 가도를 기점으로 하여 아삐아 국도를 경유, 로마에 이르기까지 18킬로미터에 걸쳐 물을 흘려 보낸, 돌로 만든 수로였다. 기원전 100년까지 로마에만 총 아홉 개의 송수로가 있었는데 이

들 송수로가 하루에 공급할 수 있는 물의 양은 약 백만 세제곱 미터에 달했다. 이것은 올림픽 규격의 수영장 400개를 채울 수 있는 양이었고 오늘날 북미 지역의 1인당 평균 물 소비량의 세 배에 달하는 양이었다. 다시 말해서 고대 로마 사람 한 명이 매일 약 1,135 리터의 물을 공

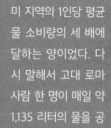

급받았던 것이다!

펌프나 파이프를 통해 목욕탕까지 보내진 물은 아궁이에서 데워져 목욕탕 내부의 여러 욕실로 공급되었다. 그리고 이때 목욕탕 내부의 방들도 '마루 밑 난방', 즉, 온돌 시스템에 의해 데워졌는데 그것은 아궁이에서 나오는 뜨거운 공기로 바닥 아래의 공간과 벽 뒷부분을 가열하는 난방 방식이었다. 하지만 그런 식의 난방은 바닥을 너무 뜨겁게 가열했기 때문에 목욕탕을 이용하는 사람들은 바닥이 나무로 된 샌들로 자신의 발을 보호해야만 했다.

고대 로마의 목욕탕은 원래 네모난 돌을 쌓아 만든 것이었다. 하지만 기원전 1세기에 콘크리트가 발명되면서 거대하고 복잡한 구조의 목욕탕이 등장했다(당시에는 석회와 모래, 화산진을 섞어 반죽한 것에 벽돌 조각과 돌을 넣어 콘크리트를 만들었다).

이들을 조롱하게 했다는 사실이다. 그렇다면 과연 그 아이들이 따뜻한 물로 목욕을 했을까? 아니다. 우리는 스파르타 사람들이 목욕을 했다는 얘기를 들어본 적이 없다.

고대 로마인들의 목욕

기원전 1세기경에 로마 사람들은 공중 목욕탕에서 몸을 씻었다.

남자들은 몸을 씻기 전에 옷을 벗고 몸에 기름을 바른 다음 가벼운 운동으로 땀을 흘렸고 여자들은 온도가 다른 여러 탕에 번갈아 들어가면서 몸을 씻었다. 목욕탕에서 제일 먼저 들어가는 곳은 테피다리움tepidarium이라는 미온탕이었는데 여기서 사람들은 땀을 낸 다음 피부의 유분과 땀, 때를 스트리절strigil로 긁어냈다(다공질의 가벼운 부석과 발효시킨 소변도 훌륭한 세정 용품으로 사용되었다). 그 다음에 사람들은 칼다리움caldarium이라는 온탕에 들어가거나 대야로 온탕 안의 물을 떠서 몸에 뿌렸고 제일 마지막에는 화들짝 놀랄 만큼 차가운 냉수가 가득한 프리기다리움frigidarium에 들어갔다. 목욕을 마친 사람들은 온몸에 기름을 발라 마사지를 하고 스트리절로 다시 한 번 기름을 긁어냈다.

동네 목욕탕이 편안하게 목욕을 즐기는 곳이었다면 황제가 로마인들을 위해 지은 황제 대욕장은 거대한 쾌락의 궁전과도 같았다. 기원전 25년 아그리파 황제의 명으로 건설된 최초의 황제 대욕장은 300개의 조각상으로 장식되어 있었을 뿐만 아니라 인공 호수까지 갖추고 있었다. 또한 서기 306년에 완공된 디오클레티아누스 욕장은 동시에 3천 명을 수용할 수 있는 대규모 욕장이었다.

도시의 어둡고 컴컴한 공동주택 구역에 거주한 가난한 사람들에게 거대하고 화려한 황제 대욕장은 로마의 화려한 면모를 경험할 수 있는 좋은 기회였다. 황제 대욕장은 목욕탕, 운동장, 정원, 도서관,

고대 중국인들의 목욕

기원전 5세기의 중국 상류층 사람들은 하루 다섯 차례 손을 씻었고 목욕은 5일에 한 번 했으며 머리는 3일에 한 번 감았다 (변발을 한 남자들에게는 머리 감는 일이 중요했다). 기원전 2세기의 중국 황제들은 로마 황제들처럼 온갖 종류의 목욕을 즐겼는데 특히 물을 데우기 위해 동상(銅像)을 벌겋게 달궈 물속에 던져 넣는 방식은 목욕의 고수였던 로마인들마저 놀라게 했을 것이다.

회의실, 스낵바 등을 갖춘 다목적 공간이었다.

공중 목욕탕의 소음

공중 목욕탕은 모든 면에서 사람들의 관심을 끌었다. 각종 오일이 풍기는 향과 물의 감촉 그리고 알몸이거나 가운을 걸친 사람들의 모습까지도 관심의 대상이 되었다. 그러나 서기 1세기의 로마 작가 세네카에게 목욕탕은 골치 아픈 소음 덩어리에 불과했다. 목욕탕 건너편에 살았던 세네카는 끙끙거리며 아령을 드는 사람의 기합 소리, 게임에서 얻은 점수를 큰소리로 외쳐 대는 사람과 물을 튀기며 욕탕 안으로 뛰어드는 사람의 고함 소리 그리고 빵 장수와 소시지 장수의 고함 소리를 피할 길이 없었다. 그 중에서도 가장 소름 돋는 소리는 겨드랑이 털을 제거하는 제모사들의 말소리와 그들에게 몸을 맡긴 손님들의 비명 소리였다.

온천욕을 즐긴 일본인들과 한증을 즐긴
북미 지역 원주민들

기원전 1000년경에 일본 사람들은 미네랄이 풍부한 온천에서 목욕을 했다. 일본에는 100개 이상의 화산과 2,300개에 달하는 자연 온천지가 있는데 일본 사람들은 이런 광천지에 야외 온천장을 조성했다. 한편 기원전 552년에 일본을 방문한 최초의 불교 수도승들은, 수증기가 육체와 정신을 정화한다고 믿었고 그때부터 자신이 범한 죄와 속세에 대한 애착을 씻어 내기 위해 온천욕을 일상적인 수행의 일부로 삼았다.

북미 지역의 원주민들 또한 증기가 사람의 몸과 영혼을 치유한다고 믿었다. 로마인들이 거대한 황제 대욕장을 건설할 무렵에 아즈텍족과 마야족은 테마스칼리temazcalli, 즉 땀을 내는 둥근 오두막을

지었다(작은 인디언식 한증막인 테마스칼리에서는 뜨겁게 가열한 벽돌이나 돌에 물을 부어 증기를 발생시켰다). 사람들은 테마스칼리에서 땀을 낸 다음 밖으로 나가 찬물로 목욕을 했다.

조금 더 북쪽의 나바호족Navajo과 수족Sioux은 동물 가죽으로 위를 덮은 둥근 모양의 구조물을 만들었고 그 안에서 뜨거운 돌에 물을 부어 증기를 발생시켰다. 당시의 원주민들은 한증막에 들어가 땀을 내는 것이 골절과 피부병, 출산에 도움이 된다고 믿었다.

비누 이야기 하나

핀바빌론 유적지(현재 이라크가 위치해 있는 지역)
에서 기원전 2800년경의 것으로 추정되는 점토
재질의 원통이 발견되었다. 원통 안에는 비누와
유사한 물질이 들어 있었는데 기록에 의하면 기
름과 재를 끓여서 만든 것이었다고 한다. 기름
과 재를 끓여서 만들었으니 그리 깨끗하지는
않았을 것이다. 하지만 인류는 그런 식으로
비누를 만들어 썼다(솥과 냄비를 세척하거나
옷을 빨 때 사용했을 것으로 추정된다). 한편 이집트
인들은 동물의 지방과 그보다 좀 더 부드러운 식물성 기름으로 비누를 만들어 썼다.

- 제 2 장 -

몸을 씻지 않은
성인(聖人)들

307년 ~ 1550년

chapter 2.

Saints, Steam and Soap
307 TO 1550

베일 뒤에서

콘스탄티노플의 공중 목욕탕, 1500년

마리암과 마리암의 어머니가 동네에 있는 공중 목욕탕 하맘hamam
에 갔다. 어머니는 전날 밤에 준비해 둔 헤나(머리를 적갈색으로 물들이
기 위해 사용하는 식물성 염료)와 음료수, 과일을 들고 갔고 마리암은 하
맘에서 사용할 수건과 빗, 갈아입을 옷을 들고 갔다. 여자들이 하맘
에 갈 수 있는 날에는 하맘 정문에 베일이 드리워졌는데 그날이 바로
그런 날들 중 하나였다.

하맘의 욕실들은 여자들의 웃음소리와 이야기 소리로 가득했다.

모녀는 제일 먼저 어두컴컴하고 뜨거운 욕실인 스챠클릭sicaklik으로 갔다. 스챠클릭은 마리암이 제일 좋아하는 욕실이었다. 푸른 색, 녹색, 흰색의 타일들이 기하학적인 무늬를 이루며 욕실 내벽을 덮고 있었지만 모녀의 눈길을 사로잡은 것은 반구형(半球形) 천장에 뚫려 있는 별 모양의 구멍이었다. 스챠클릭의 낭만적인 공간은 수많은 시인들에게 영감을 주었고 시를 좋아하는 마리암은 그런 곳에서 목욕을 하는 것이 즐거웠다.

그날 마리암은 스챠클릭에서 사촌 언니 파티마를 만났다. 두 사람은 몸을 충분히 덥게 한 다음 시원한 욕실sogukluk로 갔다. 그곳에서는 목욕을 돕는 목욕 관리사가 비누와 물로 사람들의 몸을 씻겨 주었다. 마리암과 파티마는 시원한 욕실에서 차를 마시고 부드럽고 쫄깃한 페이스트리와 과일을 먹었다. 그곳에서 여자들은 〈화장 먹Kohl7)〉으로 눈썹을 그리고, 헤나로 머리와 눈썹을 염색하고, 조개 껍데기 가장자리로 제모를 했다. 하인이나 목욕 관리사들이 제모를 도왔는데 마리암은 가까이서 그 광경을 보다가 움찔 놀라고 말았다.

마리암의 어머니는 머리와 눈썹을 염색하느라 바빴고, 파티마의 어머니는 마리암의 어머니를 돕고 있었다. 그런데 마리암의 어머니가 무언가에 신경을 쓰고 있는 것 같았다. 어머니의 모습을 본 마리암이 파티마에게 물었다.

---

7) 아라비아 여성 등이 눈언저리를 검게 칠하는 데 쓰는 가루

"우리 어머니가 왜 계속 저쪽을 보고 있는 걸까?"

파티마가 웃으며 대답했다.

"몰랐어? 라일라를 보고 계시잖아."

마리암보다 몇 살 더 많은 라일라는 화장 먹으로 아이라인을 그리며 친구들과 이야기를 나누고 있었다. 파티마가 마리암에게 말했다.

"너희 어머니는 지금 라일라를 며느릿감으로 생각하고 계신 거야."

마리암의 눈이 휘둥그레졌다. 그녀는 많은 어머니들이 하맘에 와서 자기 아들의 배필을 찾는다는 것을 알고 있었지만(어떤 어머니들은 며느릿감으로 점찍어 둔 소녀의 입에서 냄새가 나는지 알아보기 위해 애써 말을 걸어 보기도 했다) 아흐메트 오빠가 결혼할 나이가 되었다거나 어머니가 오빠의 짝을 찾고 있다는 생각은 해본 적이 없었기 때문이다. 이제 마리암은 라일라를 새롭게 보게 되었다. 같은 동네에 사는 다른 언니들과 달리 라일라는 마리암과 마리암의 친구들에게 항상 따뜻한 인사를 건넸다.

마리암은 파티마의 귀에 대고 "라일라가 아흐메트 오빠랑 결혼하면 좋겠다"라고 속삭였다. 그녀는 자신이 좋아하는 언니가 한 가족이 될 수도 있다는 생각에 기분이 좋아졌다.

게르만족의 침략과 황제 대욕장의 종말

마리암과 마리암의 어머니가 함께 찾았던 하맘hamam은 로마의 대중탕을 축소해 놓은 것이라고 해도 과언이 아니다. 로마의 대중탕에서 볼 수 있었던 운동장이 사라지고 거친 소재의 벙어리 장갑과 비누가 스트리절strigil을 대신하긴 했지만 하맘과 하맘의 조상 격인 로마의 대중탕이 유사점을 지닌다는 데에는 의심의 여지가 없다. 그렇다면 로마의 대중탕은 어떻게 되었을까?

어느 날, 강대했던 로마 제국이 무너졌다. 서기 5세기경에 게르만족이 로마를 침탈했고 476년에는 로마 황제 로물루스 아우구스툴루스가 게르만족 용병 대장 오도아케르에 의해 폐위되었다. 그러나 서구의 로마 제국은 멸망했지만 동쪽의 비잔틴 제국(동로마 제국)은 콘스탄티노플을 중심으로 이후 천 년 동안 번성했다.

로마인들은 자신들의 제국을 침략한 게르만족을 야만인으로 여겼다. 토가8)를 입지 않고 라틴어를 사용하지 않았기 때문이다. 그와 반대로 침략자들은 로마인들의 목욕 사랑을 이해할 수 없었다. 그들은 진정한 남자라면 김이 자욱한 목욕탕에서 시간을 보내서는 안 된다고 믿었고 남자라면 무릇 늦은 봄이나 여름에 개울에서 잠깐 수영만 하고 다음 해 같은 계절이 돌아올 때까지 자신이 흘린 땀을 몸에 남

---

8) 고대 로마 시민의 겉옷

가마솥을 보물처럼 여긴 일본의 불교 사원

　일본의 모든 불교 사원에는 욕조가 있었다. 그것은 승려들과 순례자들 그리고 사원을 찾는 가난한 사람들을 위한 것이었다. 그런데 일부 사원에서는 목욕물을 데우는 가마솥을 보물처럼 여겼고 심지어 경쟁 관계에 있는 사원들이 상대방 사원의 가마솥을 훔치려고 한 경우도 적지 않았다!

　8세기에는 일본의 고요 황후가 1000명의 거지들을 직접 목욕시키겠다는 맹세를 했다. 실제로 고요 황후는 999명의 거지들을 직접 목욕시켰다. 그런데 마지막 천 번째 거지를 목욕시키려고 할 때 그가 나병을 앓고 있다는 사실을 알게 되었다. 당시까지만 해도 나병은 전염성이 매우 강한 질병이었다. 황후는 자신의 맹세를 저버리지 않고 마지막 천 번째 거지의 몸을 씻겨 주었다. 그런데 이게 어찌 된 일인가?! 마지막 천 번째 거지의 입에서 "내가 석가모니이니라"라는 말이 나오는 것 아닌가! 알고 보니 그것은 석가모니의 시험이었고 황후는 무사히 시험을 통과할 수 있었다.

겨 두어야 한다고 믿었다(기름기가 잔뜩 낀, 침략자들의 머리에서는 악취
가 진동을 했다. 로마인들은 그것을 대단히 불쾌하게 여겼을 것이다).

537년, 게르만족의 일파인 고트인들이 로마의 송수로를 파괴했을
때 황제 대욕장도 종말을 맞이했다. 설령 송수로를 복구할 수 있었다
해도 그 무렵에는 물을 원활히 공급할 만한 여력이 없었기 때문에 정
상적으로 운영할 수 없었을 것이다.

오늘날에도 세계 곳곳에서 하맘(터키탕이라고도 한다)과 유사한 목
욕탕을 찾아볼 수 있는데 현재로서는 그것이 고대 로마의 공중 목욕
탕과 가장 유사한 목욕탕이다.

거룩한 사람은 몸을 씻지 않았다

380년에 로마 제국은 서기 1세기에 형성된 새로운 종교, 그리스 도교를 국교로 선포했다. 당시에는 성인(聖人)의 몸을 매우 순결한 것으로 여겼고 실제로 성인의 몸 일부가 기적과 같은 효과를 보이기도 했다. 교회에 안치된 성인의 타액이나 작은 뼛조각으로도 사람들의 병을 낫게 할 수 있다고 믿었던 것이다.

그러나 성인(聖人)이 아닌 사람들의 경우에는 문제가 달랐다. 몸 씻는 일에 가능한 한 신경을 쓰지 않는 것이 당연하게 여겨졌던 것이다. 성(聖)예로니모와 같이 매우 엄격한 성인들은 목욕이 소녀들을 우쭐하게 하여 신에 대한 관심을 잃게 만든다고 믿었다. 그는 품행이 바른 소녀라면 부스스한 머리를 빗어서는 안 되고 또 외모에도 신경을 써서는 안 된다고 믿었다.

특히 4~5세기 무렵의 기독교인들은 '더러움'을 거룩함의 증표로 여겼다. 신에게 몰입하기 위해 훌륭한 음식과 와인, 안락한 잠자리까지 포기하는데 그까짓 '청결'쯤이야 왜 포기하지 못하겠는가? 당시의 사람들은 '깨끗해지는 것'을 아주 위험한 쾌락으로 여겼다.

초기의 성인들 중 다수는 애써 더러워지려고 했다. 성녀 아그네스가 로마에서 참수당할 때 또는 칼에 찔려 죽을 때(어느 것이 맞는지 정확히 밝혀지지 않았다) 그녀의 나이는 겨우 열세 살이었다. 그런데 그런 그녀를 사람들은 성스럽다고 주장했다. 그녀가 몸을 전혀 씻지 않았기 때문이었다.

잉글랜드의 성인 고드릭은 잉글랜드에서 예루살렘까지 3,500킬로미터 이상을 걸어서 여행하는 동안 몸을 씻지 않았고 옷도 갈아입지 않았다. 게다가 그는 더럼Durham[9] 인근의 숲 속에서 지낼 때 동물의 털로 만들어 몸이 가려울 수밖에 없는 셔츠를 입었는데 여름철에는 그 털에 땀이 묻어 온몸에 이가 득실거렸다. 하지만 고드릭에게는 그것이 오히려 기뻐할 일이었다. 왜냐하면 그것이야말로 자신이 신을 섬기기 위해 최대한 불편해지려고 노력했음을 보여주는 증거였기 때문이다.

실제로 몸이 몹시 더러웠던 기독교인들 중 다수가 다른 사람들과 떨어져 홀로 지내는 은둔자들이었다. 하루는 사막을 걸어가던 한 수도사가 동굴 생활을 하는 은둔자와 마주쳤는데 후에 그는 "그 형제의 몸에서 나는 좋은 향기가 1마일 밖까지 퍼져 나갔다"고 했다. 몸에서 나는 냄

---

9) 잉글랜드 북동부에 위치한 더럼주(州)의 주도(州都)

새가 고약할수록 더 거룩한 사람으로 여겨졌으니 그야말로 대단한 찬사가 아닐 수 없었다!

살아생전에 '때'를 찬양했던 아시시의 프란치스코 성인은 죽은 후에도 수도자들 앞에 나타나 수도실이 더러운 것을 칭찬했고, 7세기에 수녀원을 세운 성녀 에텔드레다(그녀는 앵글로색슨 사람이었다)는 1년 내내 모직 옷을 입었을 뿐만 아니라 1년에 딱 네 번 따뜻한 물로, 그것도 수녀들이 몸을 씻을 때 사용한 구정물로 몸을 씻었다.

터키식 목욕을 유럽에 소개한 십자군 전사들

비누 이야기 둘

중동 지역에서는 적어도 7세기 무렵부터 올리브 오일로 비누를 만드는 실험이 진행되었고 실험이 가장 먼저 성공을 거둔 곳은 시리아의 알레포였다. 알레포에서는 올리브 오일과 잿물, 계수나무 오일로 비누를 만들었는데 바로 그 계수나무 오일 때문에 비누가 녹색을 띠게 되었다. 11세기에는 유럽 원정대가 알레포 비누, 또는 그것과 가장 유사한 종류의 비누를 가지고 유럽으로 돌아갔다. 유럽에는 계수나무가 없었다. 하지만 스페인의 카스티야나 프랑스의 마르세유처럼 올리브 오일이 풍부하게 나는 지방에서 알레포의 비누 제조 방식을 받아들였고, 얼마 지나지 않아 자신들만의 질 좋은 고형 비누를 만들게 되었다. 하지만 당시에는 비누가 사치품으로 분류되었기 때문에 대부분의 사람들은 그것을 살 여유가 없었다. 그래서 유럽인들은 동물의 기름과 재를 끓여 만든 비누를 사용할 수밖에 없었다.

1095년, 교황 우르바누스 2세는 '유럽의 그리스도교인들은 성스

몸을 씻지 않은 스페인 사람들

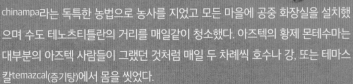

아즈텍 문명은 멕시코 중부 지역을 중심으로 발달한 문명이었다. 아즈텍 사람들은 치남파 chinampa라는 독특한 농법으로 농사를 지었고 모든 마을에 공중 화장실을 설치했으며 수도 테노츠티틀란의 거리를 매일같이 청소했다. 아즈텍의 황제 몬테수마는 대부분의 아즈텍 사람들이 그랬던 것처럼 매일 두 차례씩 호수나 강, 또는 테마스칼temazcal(증기탕)에서 몸을 씻었다.

아즈텍 사람들은 몸을 씻을 때 거품을 내는 식물과 솝트리 열매를 사용했다. 또한 그들은 천연 고무와 발삼 오일, 호박유로 탈취제를 만들었고, 치클(사포딜라 나무에서 채취하는 고무)로 구강 청결제를 만들었으며, 벌꿀과 물푸레 같은 것으로 치약을 만들었다.

그러던 어느 날, 그 깨끗한 땅에 지저분하고 악취를 풍기는 스페인 사람들이 들이닥쳤다. 1519년, 테노츠티틀란(현재의 멕시코 시티)을 침략한 스페인 사람들은 아즈텍 사람들의 청결함에 놀라움을 금할 수 없었다. 그도 그럴 것이 당시의 스페인 사람들은 유럽에서 몸을 안 씻기로 유명한 민족이었기 때문이다.

711년부터 1492년까지 무어인(人)들의 지배를 받은 스페인 사람들은 어떻게 해서든 자신들이 무어인들과는 다르다는 것을 과시하려고 했다. 그래서 청결함을 좋아한 무어인들과 달리 몸을 잘 안 씻었던 것이다.

아즈텍 사람들은 스페인 사람들이 다가오면 향을 피워 훈증 소독을 했다. 스페인 사람들은 그것을 존경이나 환영의 표시로 받아들였지만 사실 그것은 스페인 사람들의 몸에서 나는 악취를 조금이라도 막아 보기 위한 것이었다.

러운 땅 예루살렘 지역으로 들어가 이슬람교도들이 장악하고 있는 지역에 대한 지배권을 쟁취해야 한다'고 외쳤다. 하지만 십자군 전사들은 교황의 기대에 부응하지 못했다. 대신 그들은 당시에 가지지 못했던 설탕, 살구, 대추, 체스, 카펫을 가지고 돌아왔고 무엇보다도 터키식 목욕이라는 흥미로운 문물을 유럽인들에게 소개했다.

중세 최초의 공중 목욕탕에는 나무로 만든 둥그런 욕조와 한증탕이 있었고 여섯 명 정도가 함께 이용할 수 있는 나무 욕조는 별도로 마련된 욕실에 설치되었다. 당시에는 어른들과 아이들이 매주 또는 격주로 함께 목욕을 다녔는데 목욕탕에 가서 제일 먼저 하는 일은 증기를 쐬는 것이었고 그 다음에는 다 함께 나무 욕조에 몸을 담그는 것이었다(영국인들이 이것을 '스튜'라고 부른 것은 뜨거운 물 속에 들어가 앉아 있었기 때문이다). 만약 스위스의 바덴처럼 자연 온천이 있는 곳이었다면 광천수가 솟아나는 곳에, 수십 명의 사람이 동시에 온천욕을 즐길 수 있는 큰 옥

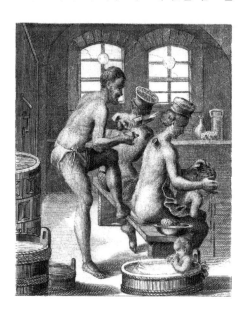

외 욕탕을 만들 수 있었을 것이다.

공중 목욕탕은 큰 인기를 끌었다. 때로는 음주와 폭력을 부추기는 분위기가 조성되기도 했지만 오히려 그런 것 때문에 더 큰 관심을 끌기도 했다. 옷을 입고 목욕을 하는 지역도 있었고 그렇지 않은 지역도 있었는데 가령 독일이나 스위스처럼 목욕이 큰 인기를 끌었던 곳에서는 알몸으로 목욕을 하는 경우도 적지 않았다. 하지만 남부 유럽의 다른 지역과 이탈리아에서는 그렇지 않았기 때문에 알프스 북쪽 지방을 여행한 남부 유럽인들은 충격을 받기도 했다.

독일에 거주했던 한 이탈리아인 의사는 아이들은 물론 그 부모들까지도 옷을 벗은 채로 또는 거의 옷을 벗은 채로 마을을 가로질러 목욕탕으로 가는 광경을 보고 이웃 사람들에게 소리를 질렀다고 하고 또 바덴에서는 큰 옥외 목욕탕을 방문한 한 이탈리아인 여행자가 남탕과 여탕 사이에 칸막이가 없는 것을 보고 깜짝 놀랐다고 한다. 맙소사!

소변으로 이를 닦은 사람들

대중탕이 있었다 해도 만약 비누를 사용하지 않고 단순히 한증이나 목욕만 했다면 몸에서 나는 냄새를 효과적으로 막기는 어려웠을 것이다. 그래서 교회 예배에 참석한 신도들의 몸에서 악취가 난다는 것을 알게 된 토마스 아퀴나스는 향을 피워서 악취를 없애려고 했다.

사람들이 가장 자주 씻은 신체 부위는 손이었는데 아마 음식을 먹을 때 포크를 사용하지 않았기 때문에 그랬을 것이다. 칫솔이 없던 시절에 웨일스 사람들은 개암나무 잔가지와 모직물로 치아를 닦았다. 그렇게 하는 것이 그다지 효과적이지는 않았겠지만 그래도 소변으로 치아를 닦은 스페인 사람들보다는 입냄새가 덜 했을 것이다.

소변 얘기가 나왔으니 말인데, 1509년에 개교한 런던의 세인트 폴 남자학교에는 대변을 볼 수 있는 곳이 없었다. 대변을 보고 싶은 학생들은 템즈 강 기슭에서 적당한 장소를 찾아야 했고 또 밑을 닦을 때는 밀짚이나 건초를 한 줌 꺾어야 했다. 학생들은 그것을 화장실용 종이라고 불렀다.

공중 목욕탕의 종말을 초래한 흑사병

흑사병이라는 말로 더 잘 알려진 선페스트가 창궐하여 30~60 퍼센트에 달하는 유럽인이 사망

향기로운 물로 몸을 씻은 중국인들

11세기 무렵에 중국에는 향기가 나는 물로 목욕을 할 수 있는 대중 목욕탕이 있었는데 건물 밖에 물 항아리나 주전자가 걸려 있으면 그곳이 바로 대중 목욕탕이었다.

13세기 후반, 중국 항저우에 도착한 마르코 폴로는 그 지역 온천지에만 3천 개에 달하는 목욕탕이 있다는 것과 중국인들이 한 달에 수 차례씩 목욕을 하러 다닌다는 것을 알게 되었다. 당시의 목욕탕에는 등을 밀어주는 사람도 있었고 마사지를 해주는 사람도 있었는데 11세기부터 전해 내려오는 다음의 시를 보면 그것이 사실이었다는 것을 알 수 있다.

마사지사에게 건네는 한 마디
종일 고되게 일한 그대여,
나에게는 살살 해도 좋으이!
은퇴한 선비가 더러우면 또 얼마나 더럽겠는가!.

했다. 흑사병이라는 말은 고름이 가득 찬 어두운 색의 혹 때문에 붙은 것인데 실제로 이 병에 걸리게 되면 겨드랑이와 목, 서혜부에 어두운 색의 응어리 같은 것이 생겼다. 사람들은 흑사병이 쥐를 통해 아시아에서 유럽으로 들어왔고 쥐의 몸에 기생하는 벼룩 때문에 인간에게까지 전염된다고 믿었다. 그런데 최근에 일부 과학자들의 설명에 따르면 흑사병은 공기를 통해 전염된다고 한다.

1347년, 흑사병이 이탈리아, 스페인, 프랑스, 잉글랜드, 독일, 오스트리아 그리고 헝가리를 덮쳤다. 흑사병으로 희생되는 사람이 너무 많아서 매일 아침 공동묘지에서는 관에 넣지도 못한 시신을 흙으로만 덮어 매장했다. 그리고 다음 날 아침이 되면 또다시 수백 구의 시신이 같은 방식

청결을 권장한 나라, 인도

중세 초기의 유럽과 달리 인도는 청결을 권장하는
나라였다. 뿐만 아니라 인도의 주요 종교인 힌두교와
이슬람교는 청결의 중요성을 강조하여 힌두 사원
에 입장하기 전이나 이슬람식으로 기도를 올리
기 전에 반드시 몸을 씻도록 했다.

이슬람교를 창시한 무함마드는 "청결이
믿음의 절반이다"라고 했다. 그리고 찌는
듯한 날씨에 차가운 물로 씻으면 몸의 열을
식힐 수 있었기 때문에 인도 사람들은 적어도 하루
에 한 번 이상 목욕을 하려고 했다.

인도 남서부의 카르나타카주(州)에서 발견된 중세의 회화와 조각을 보면 머리
감는 남자, 오일로 목욕하는 여자 그리고 큰 욕조에서 목욕을 즐기는 여자 등 청결
에 신경을 쓰는 사람들의 모습이 잘 나타나 있다.

으로 매장되었다. 그 끔찍한 광경을 본 피렌체의 한 시민은 자신이
가장 좋아하는 음식을 떠올리며 "마치 누군가가 파스타와 치즈를 번
갈아 쌓아 올리며 라자냐를 요리하는 것 같다"고 썼다.

1347~1348년에는 2천5백만 명의 유럽인들이 흑사병으로 사망
했다. 프랑스 왕 필리프 6세는 흑사병으로 인한 재앙을 막기 위해 파

인도의 계단식 우물

인도 북서부의 라자스탄주(州)와 구자라트주(州)에서는 비가 적게 내리는 건기에 물을 확보해 두는 것이 큰 숙제였는데 그 숙제를 해결한 것이 바로 계단식 우물이라는 독특한 건축물이었다. 계단식 우물 중에는 깊이가 30미터에 달하는 것도 있었으며 우물 내부에는 빗물을 저장하는 수조와 아름답고 정교한 계단, 조각상, 아치형 장식, 기둥 그리고 다양한 장식품들이 있었다.

사람들은 3천5백 개의 돌계단으로 이루어진 13층 높이의 우물에서 목욕을 하고, 물을 마시고, 모임을 가졌다. 당시에는 그런 우물의 수가 3천 개에 달했지만 현재는 수백 개만이 남아 있다. .

리 대학의 의학 전문가들에게 의견을 물었다. 전문가들은 토성, 목성, 화성의 충돌로 유독한 증기가 발생했고 그로 인해 공기가 독성을 띠게 되었다고 설명했다. 그렇다면 어떤 사람들이 그런 환경에 가장 취약했을까? 전문가들은 통통하고 감정이 풍부한 사람, 알코올을 과다하게 섭취하거나 뜨거운 목욕을 하는 사람이 가장 취약하다고 판단했다! 예를 들어 뜨거운 물 속에 들어가면 열린 모공을 통해 페스트균이 몸 속으로 침투한다는 것이었다. 물론 당시로서는 최선의 판단이었겠지만 의학적으로 봤을 때 그들의 판단은 잘못된 것이었다.

유럽에서 창궐한 페스트는 공중 목욕탕의 종말을 초래했다. 페스트가 창궐한 이후 약 4백 년 동안 사람들은 전염병이 퍼질 때마다

"제발 부탁이니 목욕을 삼가시오. 그렇지 않으면 당신은 죽음을 면치 못할 것이오"라고 외쳤다. 이렇게 해서 대부분의 공중 목욕 시설이 폐쇄되었고, 사람들은 병적으로 물을 두려워하게 되었다.

- 제 **3** 장 -

고약한 냄새

1550년 ~ 1715년

chapter 3.

It's a Foul, Foul World

1550 TO 1715

얼굴을 씻기로 결심한 팔라틴 공주

프랑스 마를리, 1705년 8월

사랑하는 마리 테레즈,

너와 헤어지기가 너무 싫었어. 좋은 시간이었는데, 그렇지?

돌아오는 길은 정말 끔찍했어! 날은 무덥고 길은 먼지로 가득한데 그 먼지가 전부 마차 안으로 들어오는 것 같았단 말야. 궁에 도착했을 때 나는 온몸이 땀과 먼지로 범벅이 되어 있었어. 그리고 나를 더욱 난처하게 만든 건 궁에 늦게 도착했다는 것이었어. 너도 잘 알잖아, 폐하께서 저녁 식사 시간에 늦는 걸 얼마나 싫어하시는지 말이야.

나는 정신없이 내 방으로 갔어. 시녀 트와네트가 재촉해서 얼른 속옷과 드레스를 갈아입었지만 얼굴은 어떻게 할 수가 없었어. 회색 마스크를 쓴 것처럼 아주 엉망이 되어 있었거든. 트와네트도 어쩔 줄 몰라 하며 내 얼굴만 쳐다봤어. 그때 난 결심했어. 얼굴을 씻어야 겠다고 말이야.

얼굴을 씻겠다고 하니까 트와네트가 깜짝 놀라지 뭐야. 하지만 트와네트는 내 부탁을 거절하지 않고 물에 적신 손수건으로 내 얼굴을 닦아주었어. 덕분에 나는 평소와 같은 모습으로 저녁 식사를 할 수 있었고.

정말 대단한 하루였어! 하지만 다시는 그런 일이 없었으면 좋겠어. 정신없이 허둥대는 게 기분 좋은 일은 아니잖아.

좋은 일만 있기를 바랄게. 파리에서 즐거운 시간을 보낼 수 있게 해줘서 정말 고마워.

엘리자베트 샤를로트, 팔라틴 공주

몸에 낀 때가 병을 막는다고 생각한 사람들

아마 여러분은 매일 얼굴을 씻을 것이다. 그런 시시한 일을 스냅 챗이나 트위터에 올릴 생각도 하지 않을 것이고 또 그것이 대단한 모험이라는 생각도 하지 않을 것이다. 그러나 18세기 초에 프랑스에서는 얼굴을 씻는 것이 놀라운 사건이 아닐 수 없었다(한 나라의 공주가 더러워진 몸을 전혀 씻지 않았다는 사실에 주목할 필요가 있다).

프랑스 왕실 사람들이 몸을 씻지 않은 것은 사실이지만 그렇다고 해서 외모에 신경을 쓰지 않았던 것은 아니다. 어떻게든 세련되고 우아하게 보이려고 애썼지만 결국 그들이 걸친 부드러운 벨벳과 실크, 레이스 옷깃과 반짝이는 보석 아래에는 무슨 일이 있어도 씻지 않는 몸이 있었던 것이다. 입 안은 살짝 헹구기만 했고 얼굴은 마른 천으로 닦았으며 손은 비누칠을 하지 않고 물로만 씻었다. 그게 전부였다. 몸에 머릿니와 서캐, 벼룩이 득실거려도 사람들은 창피하게 여기지 않았다.

당시의 의사들은 "몸에 낀 때가 모공을 막아 병균이 침투하지 못하게 하기 때문에 몸을 씻지 않는 것이 가장 훌륭한 감염 예방법이다" 라고 주장했다. 그래서 당시의 분별 있는 사람들은 물을 멀리했던 것이다.

악마의 코를 납작하게 만든 농부

핀란드 설화 중에 사우나를 사랑한 농부에 관한 이
야기가 있다. 농부의 명성은 지옥에서도 자자했
고 급기야 악마가 농부를 부추기기 위해 세상
으로 오게 되었다. 악마는 농부에게 "내가 너를
정말 뜨거운 곳으로 데려가겠다. 너는 '제발 그만
해!' 하면서 손이 발이 되도록 빌게 될 것이다"라
고 말했다.

농부는 악마를 따라 지옥으로 갔다. 악마가 "더 뜨거운 열기가 뿜어 나오도록 하라"라고
하자 지옥은 더할 수 없이 뜨거운 불길에 휩싸였다. 하지만 뜨거운 열기를 좋아했던 농부
는 그런 열기를 느끼게 해준 악마에게 고마워했다. 악마는 화가 났다. 아무리 해도 뜨거움
의 고통을 느끼게 할 수 없었던 것이다. 마침내 악마가 소리를 질렀다. "썩 물러가라! 다
시는 이곳에서 너를 보고 싶지 않다!" 농부는 아쉬워하며 세상으로 돌아왔다. 하지만 그
는 '이제 지옥에 갈 일은 없겠구나'라고 생각하면서 기쁨을 감추지 못했다.

이슬람교도들의 독특한 목욕

여행을 하면 안목이 넓어진다고 한다. 그리고 다른 대륙으로 여행
을 다녀온 유럽인들은 여행이 사람의 몸에 영향을 미칠 수 있다는 사
실을 깨달았다.

1573년, 리비아 트리폴리에 도착한 독일인 의학 박사 레온하르트
라우불프는 목욕을 하기 위해 공중 목욕탕에 갔다. 그는 사우나로 땀

을 뺀 후에 격렬한 마사지를 받았다.

마사지사가 박사를 엎드려 눕게 한 다음 박사의 견갑골을 디디고 섰다. 그리고 잠시 후에는 목욕 관리사가 비소와 생석회(부식을 일으키는 화학물질)를 섞은 무시무시한 혼합물을 박사의 몸에 바르고 그 위에 물을 뿌렸다. 몸에 난 털을 제거하기 위해서였다. 끝으로 그는 올리브 오일로 만든 비누를 칠한 다음 거친 천으로 박사의 몸을 닦았다. 트리폴리의 이슬람교도들에게는 이런 목욕이 아주 일상적인 것이었지만 독일인 박사에게는 충격적인 경험이 아닐 수 없었다.

목욕은 건강한 사람에게도 위험할 수 있다

건강한 사람에게도 위험할 수 있는 일을 아픈 사람에게 권하는 것 자체가 이상한 일이지만 17세기의 유럽 의사들은 세심한 관리·감독만 이루어지면 목욕이 마지막 기회가 될 수 있다고 믿었다. 당시의 사람들은 목욕을 매우 위험한 것으로 간주했고 설령 하더라도 담당 의사가 지켜보고 있을 때에만 시도할 수 있는 일이라고 생각했다.

1610년, 프랑스 왕 앙리 4세가 파리에 있는 재정관 쉴리의 집으로 전령을 보내 입궁하라는 명을 내렸다. 전령이 당도한 시각에 쉴리는 목욕을 하고 있었고 전령의 말을 전해 듣자마자 즉시 입궁할 채비

를 했다. 하지만 주인의 건강을 걱정한 하인들이 그의 입궁을 말렸고 심지어 전령조차 "나리께서 목욕 중이라는 것을 아셨다면 폐하께서는 아마 친히 이곳으로 오셨을 것입니다"라고 말했다.

전령이 궁으로 돌아가 이 일을 알리자 왕은 문제가 심각하다고 판단하고 궁정 의사들을 불렀다. 의사들은 "앞으로 며칠 동안은 쉴리가 입궁하기 힘들 수도 있을 것입니다"라고 조언했다. 앙리 4세는 쉴리가 집을 나서지 못하도록 하라고 명하고 "내가 내일 그대의 집을 친히 방문할 것이오. 목욕을 해서 병이 났다는 소리가 들리지 않도록, 잠옷 차림에 슬리퍼를 신고 나를 맞이하기 바라오"라는 말을 전했다.

왕이 고위 관료의 집을 찾아 가는 일은 드물었다. 게다가 집으로 찾아온 왕을 잠옷 차림으로 맞이하는 신하는 더욱 드물었다. 그러나 당시에는 목욕을 한다는 것 자체가 흔한 일이 아니었다.

옷만 갈아입고 씻지는 않았던 루이 14세

1576년, 히에로니무스 카르다노라는 이탈리아인 음악가가 불만에 가득 차서 말했다. "사람들 몸에 벼룩과 이가 득시글거린다. 어떤 사람은 겨드랑이 냄새를 풍기고 어떤 사람은 발냄새를 풍긴다. 그리고 사람들의 입에서 역겨운 냄새가 난다!" 이것은 16세기 유럽인들의 청결 상태를 간명하게 묘사한 말이었다. 하지만 17세기는 그 이상이었다. 어쩌면 17세기가 유럽 역사상 가장 더러운 백 년이었을 수도 있다.

프랑스 왕 루이 14세는 아침에 일어나서 시종이 뿌려주는 알코올로 손을 닦은 다음 입 안을 헹구어 내고 얼굴을 닦았다. 그것이 전부였다. 그렇다면 루이 14세가 하루 중 대부분의 시간을 왕좌에 앉아서 보냈을까? 아니다. 그는 펜

광천을 즐겨 찾은 사무라이들

3세기부터 16세기까지 일본을 다녀온 중국인들과 유럽인들은 예외 없이 일본인들이 청결을 대단히 중시하는 민족이라고 했다. 그리고 일본인들이 청결을 중시한다는 것은 그들이 사용하는 언어에서도 확인할 수 있다. 가령 '더러움'이라는 뜻의 후케츠Fuketsu는 '흉측함'이라는 뜻으로도 쓰이고, '깨끗함'이라는 뜻의 키레이kirei는 '예쁨'이라는 뜻으로도 쓰인다. 그리고 키타나이kitanai라는 말 역시 '더러운'이라는 뜻과 함께 '못된'이라는 뜻을 갖는다.

서구의 의사들이 "건강을 위해서는 물을 멀리해야 한다"고 주장할 때, 일본 의사들은 온천수 속에 '건강에 도움이 되는 광물'이 함유되어 있을지 모른다고 생각했고 사무라이들은 상처를 치료하기 위해 석고가 함유된 광천을 즐겨 찾았다.

일본에서는 고토 콘잔이라는 의사가 목욕에 대한 의학적 연구를 최초로 시작했다(1709년).

싱과 댄스를 했고 강도 높은 군사 훈련도 받았다. 그래서 일과를 마치고 침실로 돌아갈 때는 온몸이 땀으로 흠뻑 젖어 있었다.

루이 14세는 몸을 씻지 않았다. 그에게 '깨끗해진다'는 것은 곧 새로운 옷으로 갈아입는 것, 특히 흰색 리넨 셔츠를 입는 것이었다.

하루에 세 번씩 셔츠를 갈아입은 그는 남달리 말쑥하게 단장을 하는 사람으로 알려져 있었다.

17세기의 유럽인들은 깨끗한 리넨 옷으로 갈아입는 것을 물로 씻는 것보다 더 청결한 것으로 여겼다. 가령 리넨 옷의 옷깃 안쪽이나 소매 안쪽에 때가 타면 몸의 때가 모두 제거된 것이라고 믿었다.

이처럼 〈하는 일이 많은〉 리넨은 남성용 긴 소매 셔츠와 여성용 슬립 또는 슈미즈의 소재로 활용되었다. 리넨 옷은 그것을 입은 사람의 몸이 깨끗하다는 것을 나타내는 가장 분명한 신호였기 때문에 사람들은 리넨이 더 많이 보이도록 옷을 입기 시작했다. 남성용 재킷의 소매 길이를 줄여서 안에 입은 리넨 셔츠의 소매가 보이도록 했고 셔츠의 끝자락이 보이도록 재킷의 길이도 짧게 만들었다. 또한 여성용 드레스의 목선을 낮게 해서 안에 입은 슈미즈의 주름이 보이도록 했고 드레스의 소매 길이를 늘여서 슈미즈의 소매가 보이도록 했다.

때를 밀지 않은 왕과 왕비

대부분의 역사가들은 가난한 사람보다는 왕과 왕비, 귀족에 대한 것들을 더 많이 알고 있다. 왜 그럴까? 이유는 간단하다. 가난한 사람들 대부분은 글을 읽거나 쓸 줄 모르는 문맹들이었다. 따라서 일기

핀란드에서 가장 깨끗한 곳은 사우나였다

핀란드를 여행한 사람들 중에는 남자들이 옷을 벗고 뜨거운 오두막 안으로 들어가 나뭇가지로 자신의 몸을 때리는 이상한 광경을 목격한 사람들이 많았다. 하지만 핀란드인들에게 그것은 아주 자연스러운 일이었다. 그들은 사우나를 즐기기 위해 오두막의 내부 온도를 80~110℃까지 높였고 땀이 더 잘 나도록 나뭇가지로 몸을 때렸다. 그리고 더 이상 열기를 견딜 수 없게 되면 몸에 물을 끼었거나 눈밭으로 달려 나갔고 그런 다음에는 다시 오두막 안으로 들어가 땀을 뺐다.

핀란드인들이 사우나를 즐겨 찾은 것은 건강과 우정 그리고 청결 때문이었다. 그들은 장작에서 피어오르는 연기가 오두막 내벽에 그을음을 만든다는 것을 알게 되었고 또 그 그을음이 '항균 작용'을 한다는 것을 알게 되었다. 그때부터 핀란드인들은 사우나를 '가난한 자들의 약제실'이라고 불렀다.

핀란드에서는 사우나가 가장 깨끗한 곳이었기 때문에 출산도 사우나에서 했고 죽은 사람을 씻겨 안치하는 일도 사우나에서 했다.

와 편지를 쓸 수가 없었다. 그리고 그들에게 관심을 가진 사가들도 많지 않았다. 반면에 귀족이나 부유한 자들은 읽고 쓸 줄 아는 것은 물론 권력까지 쥐고 있었기 때문에 그들 자신이 많은 일기와 편지를 남겼을 뿐만 아니라 그들에 대한 일을 기록한 사람도 많았다.

그러나 한 가지 분명한 것은 부유한 사람이라고 해서 가난한 사람보다 더 깨끗한 것은 아니었다는 사실이다. 과거의 명의들은 '몸

혼례 전에 독특한 목욕을 했던 러시아인들

　오래된 것을 보내고 새로운 것을 맞이할 때 몸을 씻는 일. 그것은 인생의 전환기를 기념하는 자연스러운 의식이다. 예로부터 사람들은 태어날 때와 죽을 때 그리고 혼례를 치를 때 특별한 목욕을 해 왔다.

　예를 들어 러시아인들은 의례를 치르기 전에 바냐banya라는 곳에서 목욕을 했다. 그것은 핀란드식 사우나와 매우 흡사한 한증막이었는데 특히 혼례식 전에 하는 독특한 목욕으로 유명했다. 설명을 하자면 이렇다. 먼저 땀에 젖은 신부의 몸에 우유를 붓고 그 위에 밀가루를 살짝 뿌린다. 그리고 범벅이 된 우유와 밀가루를 긁어낸다. 놀라운 것은 그렇게 긁어낸 우유와 밀가루를 혼례용 케이크와 빵을 만드는 데 사용했다는 것이고 더욱 놀라운 것은 신부가 흘린 땀을 보드카와 와인, 곡물과 함께 섞어 바냐 안의 뜨거운 돌 위에 부었다는 것이다!

속옷을 갈아입지 않은 영웅

1601년, 펠리페 2세의 딸 이사벨라 공주는 오스텐더 포위 작전이 끝날 때까지 슈미즈를 갈아입지 않겠다고 맹세했다. 그리고 그로부터 3년 3개월 13일이 지난 후에 마침내 스페인이 오스텐더 Oostende[10]를 쟁취했고 이사벨라는 스페인의 영웅이 되었다. 이제 이사벨라는 속옷을 갈아입을 수 있었다. 하지만 순백색이었던 그녀의 슈미즈는 이미 황갈색이 되어 있었다. .

에 때가 있으면 병에 걸릴 염려가 없다'고 생각했다. 그래서 왕이나 왕비도 가난한 소작농들과 마찬가지로 몸에 낀 때를 애써 벗겨내려고 하지 않았다.

아무 곳에서나 대소변을 봤던 시절

18세기까지만 해도 유럽 사람들은 목욕을 잘 하지 않았다. 심지어 그들은 서로의 몸에서 나온 때와 배설물 가까이에서 살았다.

이탈리아 사람들은 장소를 가리지 않고 아무 곳에서나 대소변을 봤고, 프랑스에서는 루이 14세가 사망하기 직전에 '일주일에 한 번씩 베르사유 궁전 복도에 방치된 배설물을 치우도록 하는' 새로운 법이 발효되었다(그 배설물은 궁에서

---

10) 북해에 면한 벨기에의 항구 도시

키우는 개들의 것이 아니라 사람들의 것이었다). 간혹 실내용 변기(요강)에 든 배설물을 거리에 쏟아 붓는 사람도 있었는데 그럴 때 밑에서 지나가던 사람들은 재빨리 안전한 곳으로 피해야만 했다.

- 제 **4** 장 -

차가운 것을
좋아하는 사람들

1715년 ~ 1800년

chapter 4.

Some Like It Cold
1715 TO 1800

냉수욕으로 남자 아이를 강하게 키우는 법

1720년 2월, 런던

"톰! 어디 있니?"

톰은 다락에 숨어 있었고 다락은 톰에게 출입이 금지된 구역이었다. 톰은 부모님이 다락을 떠올리지 않기만을 간절히 바라고 있었다.

"톰, 로크 박사님이 찾으신다!"

그것은 부모님이 즐겨 하는 농담 중에서도 가장 재미없는 농담이었다. 로크 박사가 찾는다는 말은 사실이 아니었다. 존 로크 박사는 '남자 아이를 양육하는 법'에 관한 책을 쓴 의사로 톰의 아버지

가 칭찬을 아끼지 않는 사람이었다.

로크 박사는 남자 아이를 강하게 키우려면 아이가 매일 차가운 물에 다리와 발을 담그도록 해야 하고 물의 온도를 조금씩 낮춰 가야 한다고 했다. 그래서 톰의 어머니는 밤마다 뜰 한쪽에 있는 물통에 물을 받아 두었는데 문제는 추운 겨울에, 그것도 살얼음이 낀 물 속으로 다리와 발을 집어넣어야 한다는 것이었다.

"톰! 뜰에 있던 물통을 부엌으로 옮겨 놨다. 어서 내려오너라."

로크 박사의 머리에서 나온 또 다른 발상은 비가 자주 오는 런던에서 차가운 물이 신발 안으로 더 많이 들어올 수 있도록 남자 아이들에게 얇은 신발을 신기라는 것이었다. 그해 겨울에 톰은 물에 흠뻑 젖은 신발을 신고 수없이 많은 날들을 우울하게 보냈다.

톰이 내려오지 않자 어머니가 한숨을 쉬면서 다락으로 올라왔다. 그때 톰은 깨달았다. 아무리 발버둥 쳐도 냉수욕 고문은 피할 수 없다는 것을.

차가운 바닷물로 치료받은 환자들

톰의 어린 시절을 비참하게 만든 책이 바로 1693년에 출간된《교육론Some Thoughts Concerning Education》이다. 물론 로크 박사는 청결에 관심이 있어서가 아니라 차가운 물로 남자 아이들을 강하게 단련시킬 수 있을 것이라 믿었기 때문에 이 책을 썼을 것이다. 어찌 됐든 영국인들이 다시 목욕을 하기 위해서는 400년간 지속되어 온 물에 대한 두려움을 극복해야만 했다.

로크 박사와 견해를 같이한 의사들은 '목욕을 해도 심각한 질병에 걸리지는 않을 것'이라면서 사람들을 설득하기 시작했다. 그들은 강이나 호수에서 하는 목욕은 물론 바다에서 하는 해수욕도 괜찮다고 했다. 그러나 그것은 18세기의 유럽인들에게는 달갑지 않은 처방이

냉수욕을 하면 반드시 이긴다

1701년에 출간된 《냉수욕의 역사The History of Cold Bathing》에 따르면 차가운 물로 모든 병을 고칠 수 있고 심지어 경기에 진 사람을 승자로 만들 수도 있다고 한다. 저자 중 한 사람인 에드워드 베이너드는 "두 아이에게 달리기 시합을 시킨 후에 거기서 진 아이를 차가운 물에 들어갔다 나오게 하면 그 아이가 다음 경주에서 반드시 이긴다"고 주장한다.

었다. 바다는 무시무시한 상상 속 괴물들이 존재하는 곳, 무슨 일이 일어날지 예측할 수 없는 곳이었기 때문이다.

1750년에는 리처드 러셀 박사의 책이 선풍적 인기를 끌었다. 그것은 태어나면서부터 지니게 되는 건강상의 문제를 차가운 바닷물로 해결할 수 있다는 내용의 책이었다. 박사는 휴양 도시 브라이튼[11], 그것도 영국해협이 바라다 보이는 곳에 대저택을 지었고 그의 집에서 치료를 받는 환자들은 꼭두새벽에 일어나 얼음처럼 차가운 바닷물에서 목욕을 해야만 했다. 아마 그들은 해초로 몸을 마사지하기도 하고 또 살이 아릴 정도로 차가운 바닷물에 들어가기도 했을 것이다.

병이 나서 몸이 아픈 것은 물론 고통스러운 일이다. 하지만 그 병을 치료하는 과정이 더 고통스러울 때도 있다.

---

11) 영국해협에 면한 휴양도시

청결을 강조한 장 자크 루소

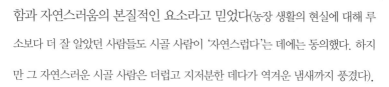

프랑스인들 또한 물에 대한 거부감을 극복하고 있었다. 그리고 그 일에 주도적으로 나선 사람이 바로 장 자크 루소였다. 그는 '청결함'이야말로 전원에서 경험할 수 있는 순수함과 자연스러움의 본질적인 요소라고 믿었다(농장 생활의 현실에 대해 루소보다 더 잘 알았던 사람들도 시골 사람이 '자연스럽다'는 데에는 동의했다. 하지만 그 자연스러운 시골 사람은 더럽고 지저분한 데다가 역겨운 냄새까지 풍겼다).

1762년, 루소는 '남자 아이를 키우는 가장 좋은 방법'에 관한 책 《에밀Emile》을 발표했다. 그는 이 책에서 "아이들은 자주 씻겨주어야 한다"라고 썼는데 그 역시 로크와 마찬가지로 겨울이든 여름이든 차가운 물로 남자 아이들을 씻겨 주어야 하고 항상 청결하게 생활할 수 있도록 해주어야 한다고 믿었던 것이다. 루소의 주장대로라면 그렇게 키운 아이들은 병원에 갈 일이 없었을 것이다.

청결한 여자 아이는 향수보다 더 달콤한 향을 풍긴다

루소는 작중 인물인 에밀의 성장 과정에 소피라는 소녀를 등장시

동물의 분비물로 만든 향수

생활에 여유가 있는 프랑스인들은 자기 몸에서 나는 냄새 혹은 이웃의 몸에서 나는 냄새를 없애기 위해 향수를 뿌렸다.

17~18세기에는 동물의 분비물로 향수를 만들었는데 사향액은 고양이과에 속하는 야생 포유 동물의 항문샘에서 나오는 분비물로 만들었고 용연향은 향유고래의 창자에서 나오는 분비물로 만들었으며 사향은 수컷 사향노루의 배에서 나온 분비물로 만들었다. 하지만 프랑스 혁명 이후에는 꽃이 향수의 주된 원료가 되었기 때문에 향수의 향이 훨씬 더 가벼워졌다.

킨다. 소피는 청결하지 않으면 안 된다는 강박 관념에 사로잡힌 인물로서 '자신의 기준으로는 그 어느 것도 깨끗할 수 없기' 때문에 요리하는 것을 싫어하고 또 거름 더미에서 지독한 냄새가 나기 때문에 정원을 가꾸는 것도 싫어한다. 그녀는 자신의 몸과 옷 그리고 방을 깨끗하게 하는 데 하루 중 절반 이상의 시간을 할애하며, 루소가 묘사한 것처럼, 일을 처리하는 방법 그 자체보다 깨끗하게 일을 해내는 방법에 대해 더 많이 생각한다.

루소는 소피의 '청결함'을 지나친 것으로 여기지 않는다. 그리고 그는 향수를 뿌리지 않는 소피를 칭찬하면서 '소피의 남편은 소피의 숨결보다 더 달콤한 것을 찾지 못할 것'이라고 말한다. 루소에게 있어 소피는 달콤한 향이 나는 자연 그 자체였다.

혁명과 함께 변화한 프랑스 궁정의 패션

17세기와 18세기를 통틀어 프랑
스 궁정의 귀족과 여인들이 가장 싫어
했던 것이 바로 '자연스러움'이었다.
그들은 가발로 자신의 머리를 숨겼고
(높이 30cm의 가발도 있었다), 오일과
루즈rouge, 파우더로 자신의 피부를 숨
겼다. 또한 그들은 물세탁을 할 수 없
는 양단(여러 가지 무늬를 넣어 겹으로 두껍게 짠 고급 비단)과 벨벳 그리
고 땀이 나면 겨드랑이 부분에 지울 수 없는 얼룩이 남는 공단(무늬를
넣지 않고 두껍게 짠, 윤기가 도는 고급 비단)으로 옷을 만들어 입었다.

1775년, 프랑스 왕 루이 16세의 왕비 마리 앙투아네트는 자신의
초상화를 위해 포즈를 취하고 앉았다. 그녀는 머리에 파우더를 발라
아찔하게 높이 세운 다음 진주와 리본, 다이아몬드로 장식을 하고 그
것으로도 모자라 깃털 장식까지 더했다. 그리고 엉덩이 부분에는 패
드를 덧대어 엉덩이가 허리보다 1피트는 더 커 보이게 했다.

그로부터 8년이 지난 후 어느 날, 왕비가 다시 한 번 초상화를 위
해 자세를 취하고 앉았다. 그녀의 첫 번째 초상화만 본 사람이라면
두 번째 초상화에 묘사된 여인이 그녀라는 것을 알아차릴 수 없었을

것이다. 두 번째 초상화에 묘사된 왕비는 파우더만 가볍게 바른 머리를 부드럽게 늘어뜨리고 있었고 면소재의 흰색 드레스에 소박한 밀짚 모자를 쓰고 있었다.

시대가 변하면서 패션도 함께 변했다. 이제 예쁘게 꾸미는 것보다는 깔끔하고 자연스럽게 보이는 것이 더 유행하게 된 것이다. 후에 마리 앙투아네트는 소박한 삶에 대한 루소의 생각을 따르기 위해 작은 농장을 만들었는데 두 번째 초상화에 묘사된 왕비의 모습이 바로 그 장난감 같은 농장에 딱 어울리는 모습이었다.

프랑스 혁명 이후에는 또 하나의 새로운 스타일이 등장했다. 루이 16세와 마리 앙투아네트를 처형하는 등 민주주의를 향해 나아가게 된 프랑스인들에게는 가발과 파우더로 꾸민 머리와 짙게 화장한 얼굴이 혐오스럽게 보일 수밖에 없었다. 이제 그들에게는 정갈한 머리와 밝은 얼굴 그리고 물세탁이 가능한 면직물로 만든 의복이 훨씬 더 매력적으로 보였다.

실내 화장실을 만든 영국인들

가장 먼저 집 안에 상수도를 설
치하고 실내에 화장실을 만든 것은
영국인들이었다. 그래서 프랑스 사
람들은 실내 화장실을 '영국식 공
간lieu a l'anglaise'이라고 불렀는데 바
로 이 실내 화장실 때문에 웃지못
할 촌극이 벌어지기도 했다. 프랑스 님Nimes12)의 한 여관에 영국인
손님들을 위한 실내 화장실이 설치되었는데 변기 사용법을 몰랐던
프랑스 손님이 급한 나머지 그만 바닥에 일을 보고 말았던 것이다.

청결에 관심을 가지게 된 영국인들은 해외 여행을 하면서 우월감
을 느꼈다. 1789년, 베니스로 여행을 온 영국인 아더 영은 오페라를
관람하는 도중에 놀라운 광경을 목격하게 되었다. 그의 말에 따르면
잘 차려 입은 신사 한 명이 오케스트라와 관객들 사이로 걸어나와 여
자들이 보는 앞에서 소변을 보았다는 것이다. 그 광경을 보고 놀라는
사람이 자신밖에 없었다고 말한 영국인은 "그런데 그 사람, 솜씨 하
나는 정말 훌륭했어요"라는 말로 자신의 목격담을 마무리했다.

하지만 청결을 강조하는 새로운 풍조에 큰 관심을 보이지 않은

---

12) 프랑스 남부의 도시로 로마 유적지가 많이 남아 있다.

영국인들도 있었다. 스코틀랜드 상류층 출신의 제임스 보즈웰James Boswell[13]은 몸을 씻는 일이 거의 없었다. 그리고 영국의 일부 상류층 가정에서는 여자들이 식사를 마치고 밖으로 나가면 남자들이 요강을 꺼내서 생리적인 문제를 해결했다. 그것도 대화를 이어 가면서 말이다.

목욕용 가운을 입고 욕조에 들어간 여인들

목욕이 일상적인 일이 되면서 하인을 둔 사람들은 이동식 욕조를 사용하기 시작했다. 이동식 욕조의 재료는 주석 또는 동이었고 프랑스에서는 부츠 모양의 욕조가 제작되기도 했다. 이동식 욕조로 목욕을 하기 위해서는 하인들이 침실 벽난로 앞으로 욕조를 옮긴 후 욕조에 물을 채워야 했다.

당시의 여성들은 알몸으로 목욕하는 것, 그러니까 옷을 벗은 자

13) 1740~1795, 영국의 전기 작가로 스코틀랜드에서 태어났다.
14) 프랑스 혁명 당시에 장폴 마라를 암살했고 마라 암살 이후에 단두대에서 처형되었다.

신의 모습이 남에게 보여지는 것을 많이 부끄러워했다. 그래서 생
각해낸 방법이 바로 욕조의 물을 흐리게 하는 것이었다. 물을 흐리
게 하기 위해서는 겨 또는 밀가루를 알코올에 푼 다음 그것을 욕조
에 넣어야 했는데 아무래도 그 물이 깨끗하지는 않았을 것이다. 그래
서 여성들은 목욕용 가운을 입고 욕조에 들어가는 것을 선호했다. 마
리 앙투아네트는 플란넬[15] 가운 차림으로 목욕을 했고, 포틀랜드 공

---

15) 평직으로 짠, 털이 보풀보풀 일어나는 부드러운 모직물

공중 목욕탕에 간 영국 대사 부인

불가리아 소피아16)의 여성용 하맘
hamam은 푹신한 쿠션과 카펫 그리고
대리석 벤치가 있는 편안하고 활기
찬 장소였다. 여자들은 그곳에서 커
피를 마시고, 셔벗sherbet17)을 먹고,
몸을 씻고, 머리를 감고, 수다를 떨
었다.

18세기 중반의 어느 날, 승마복 차림의 한 여성이
하맘을 찾았다. 그녀가 바로 주(駐)콘스탄티노플 영국 대사의 부인 메리 워틀리 몬터규
Mary Wortley Montagu였다. 하맘에 먼저 와 있던 소피아 여인들은 "옷을 벗고 증기욕을 즐
겨보세요"라고 하면서 그녀의 손을 잡아끌었다. 그런데 메리 부인이 잠시 망설이는 동안
한 여성이 메리 부인의 상의 단추를 푸는 바람에 그녀의 코르셋corset18) 이 드러나고 말았
다. 고래수염으로 짠 기다란 천 조각의 속옷이 그녀의 몸을 단단히 잡아 주고 있었던 것
이다. 코르셋에 묶여 있는 메리 부인의 모습은 불가리아 여인들에게 큰 충격을 주었다.

작의 대저택에서 머물게 된 엘리자베스 몬테규는 다음과 같은 내용
의 편지를 어머니에게 써 보냈다. "목욕용 드레스가 꼭 있어야 해
요. 그렇지 않으면 슈미즈와 페티코트를 입고 욕조에 들어가야 한단
말이에요!"라고 호소했다. 슈미즈와 페티코트는 여자들이 입는 속
옷이었다.

---

16) 불가리아의 수도로 유럽에서 가장 오래된 수도들 중 하나
17) 과즙에 물, 우유, 설탕, 크림을 넣고 아이스크림 모양으로 얼린 얼음 과자
18) 여성용 속옷의 하나로 배와 허리 둘레의 모양을 내기 위해 몸을 졸라매는 데 쓴다.

청결을 의무로 여긴 유대교도들

이슬람교나 힌두교와 마찬가지로 유대교 또한 청결을 의무로 여겼다. 그래서 유대교도들은 자신들이 정착해서 살게 된 곳에 미크바라는 특별한 욕조를 제일 먼저 만들었다. 랍비와 남자 유대교도들은 안식일과 유대교 명절에 목욕  을 했고 여자 유대교도들은 출산과 생리 후에 목욕을 했다. 또한 유대교도들은 유대교를 믿지 않는 사람들이 만든 접시와 솥, 냄비를 미크바에서 깨끗이 씻은 후에 사용해야만 했다.

사실 미크바는 몸을 깨끗하게 씻는 곳이라기보다는 종교적인 정결 의식이 행해지는 곳이었다. 그래서 미크바에 들어가는 사람은 들어가기 전에 몸을 아주 깨끗이 해야만 했다. 그런데 일부 여성들이 미크바에서 하는 목욕, 특히 미크바에 들어가기 전에 하는 목욕을 즐거움으로 여기게 되자 랍비들은 "미크바에 들어가 몸을 씻는 것은 즐거움이 아니라 종교적 의무이다"라고 일깨워주기도 했다.

하지만 미크바라고 해서 항상 즐거움만 주는 것은 아니었다. 1705년, 독일 프랑크푸르트로 여행을 떠난 한 프랑스인은 미크바를 찾는 여성들이 얼음처럼 차가운 물 속에 들어가 머리카락 한 올까지 물에 잠기게 한다는 사실을 알고 큰 충격을 받았다. 그는 "그렇게 차가운 물 속에 오래 들어가 있으면 어느 누가 비명횡사하지 않겠는가!"라고 말했다.

- 제 **5** 장 -

공중 목욕탕

유럽, 1800년 ~ 1900년

chapter 5.

Baths and How to Take Them
EUROPE, 1800 TO 1900

목욕탕에 간 하녀

1890년, 독일 쾰른

오늘 나는 목욕탕에 갔다. 메스머 부인과 어린 마르타도 함께 갔다. 링 스트라쎄를 지날 때 눈에 들어온 위엄찬 대저택과 오페라 하우스를 보고 나는 감탄을 금할 수 없었다. 안에 들어가 보진 못했지만 밖에서 본 모습은 참으로 아름다웠다. 목욕탕은 오페라 하우스 근처에 있었다. 메스머 부인 말씀으로는 목욕이 음악만큼이나 중요한 것이기 때문에 그렇다는 것이었다.

슈투트가르트의 한 공중 목욕탕에는 애완견들을 목욕시킬 수 있는 욕조가 있다. 어떤 사람은 그게 당연하다고 했고 어떤 사람은 왜 그런 것이 필요하냐고 했다. 하지만 메스머 부인은 자신이 키우는 애완견 밋찌도 목욕을 즐길 수 있게 해야 한다고 주장했다.

마르타가 보고 왔다는 목욕탕 본관 내부의 벽화와 장식용 유리 그리고 벽에 쓰인 시가 정말 보고 싶다. 하지만 난 목욕탕 본관에는 들어갈 수가 없고 일반 수영장만 이용할 수 있다. 메스머 부인은 가난한 사람들이 깨끗해질 수 있는 가장 좋은 방법이 시원한 물에서 수영하는 것이라고 했고 또 일반 수영장의 입장료는 본관에서 할 수 있는 가장 저렴한 목욕보다 돈이 더 적게 든다고 했다. 우리처럼 일반 수영장을 이용하는 사람들은 건물 뒤편의 출입구를 이용해야 한다.

마르타는 이제 겨우 아홉 살이지만 마음이 참 섬세한 아이다. 목욕탕 건물이 눈에 들어오자 마르타는 엄마의 팔을 잡아당겨 몸을 숙

이게 한 다음, 귀에 대고 속삭였다. 하지만 메스머 부인은 마르타가 그런 얘기를 할 때마다 큰 소리로 대답했다.

"마르타, 그건 말도 안 돼. 그렇게 해서도 안 되고 또 된다고 해도 엘제가 같이 가려고 하지 않을 거야. 우리와 함께 목욕하는 걸 불편해하지 않겠니?"

본관 출입구 앞에서 나는 메스머 부인에게 바구니를 건넸다. 바구니 안에는 메스머 부인과 마르타가 사용할 특별한 크림과 비누가 들어 있었다. 내가 일반 수영장으로 가기 위해 건물 모퉁이를 돌아섰을 때 마르타가 작은 손을 흔들어 보였다. 마르타의 얼굴이 슬퍼 보였다.

획기적인 발상을 가져온 과학자들의 오류

19세기까지만 해도 목욕이라는 것은 도무지 알 수 없는 기술이었다. 해리엇 뉴웰 오스틴이라는 의사가 실제로 「목욕과 목욕법」이라는 논문을 발표했는데 이는 곧 사람들이 목욕에 대한 조언을 찾고 있었음을 뜻한다.

'물은 위험하다'고 경고한 지 400년이 지난 후에 과학자들은 모공이 열리면 이산화탄소가 몸 밖으로 배출되기 때문에 물로 씻어 피부를 깨끗이 하는 것이 건강에 유익하다는 결론을 내렸다. 물론 이산화탄소는 호흡할 때 몸 밖으로 나오는 것이기 때문에 그 부분에서는 당시의 과학자들이 오류를 범한 것이 분명하다. 하지만 당시의 과학자들은 동물 실험을 통해 '막힌 모공이 치명적일 수 있다'는 확신을 얻었다. 말을 대상으로 한 실험에서 몸에 난 털을 모두 민 다음 원래 털이 있던 자리에 타르를 바르자 말이 얼마 못 가서 죽었고, 접착제가 첨가된 타르를 바르자 말이 더 빨리 죽었다. 오늘날 우리는 그것이 체온 조절 기능의 상실에 기인한다는 것을 알고 있지만 당시의 과학자들은 그렇지 않았다. 어쨌든 당시의 과학자들이 사람들에게 '몸을 씻는 것이 건강에 유익하다'는 인식을 심어준 것만은 분명한 사실이다.

공중 소변기와 길거리 샤워실의 등장

1840년대까지만 해도 프랑스를 포함한 유럽 여러 국가의 남자들은 인도와 차도, 건물 등 아무 곳에서나 방뇨를 했다. 그러다가 프라이버시가 어느 정도 보장된 상태에서 소변을 볼 수 있고 또 소변이 하수도를 따라 흘러 나가는 피스와pissoirs(남성용 공

중 소변기)가 파리에 등장했다. 그리고 이러한 발상에 영감을 받은 한 독일인 의사가 '길거리에서 샤워를 할 수 있으면 좋지 않을까?'라는 생각을 하게 되었고 1883년에는 오스카 라사르 박사가 <공중 목욕실>이라는 샤워 시설을 거리에 설치했다. 그것은 물결 모양의 철제 구조물로 남성용 샤워실 다섯 칸과 여성용 샤워실 다섯 칸으로 이루어져 있었고 샤워실 벽에 달린 노즐nozzle 에서는 따뜻한 물이 쏟아져 나왔다.

사람들은 길거리 샤워실의 등장을 환영했다. 저렴하면서도 편리했기 때문이다. 그러나 길거리 샤워실의 인기가 생각만큼 오래 간 것은 아니다. 칸막이가 쳐진 공중 샤워실에 알몸으로 들어가 떨어지는 물 아래에서 몸을 씻는다는 것이 당시의 사람들에게는 너무나 이상한 일이었기 때문이다.

---

19) 대롱 모양으로 되어 끝부분의 작은 구멍에서 액체나 기체를 내뿜는 장치

독특한 목욕 서비스

1819년에 파리 시민들은 <집에서 하는 목욕 bain à domicile '>이라는 독특한 서비스를 받을 수 있게 되었다. 그것은 욕조와 목욕용 가운, 몸에 묻은 물기를 닦는 천 그리고 뜨거운 물과 차가운 물, 미지근한 물 등 목욕에 필요한 모든 것을 배달해 주는 서비스였다. 물론 목욕이 끝난 후에는 욕조와 가운, 천을 회수해 갔고 목욕에 사용된 물은 욕조에 연결된 호스를 통해 배수로로 빠져나가게 했다. 그런데 많은 사람들의 입에 오르내린 것에 비해 이 서비스가 대단한 인기를 끈 것은 아니었다(1838년에 파리의 인구가 백만 명이었는데 한 해 주문 건수는 1,000건에 불과했다).

그것은 획기적인 발상이었다. 그리고 사람들이 그것을 수용하기까지는 오랜 시간이 걸렸다. 예를 들어 케임브리지 대학의 한 학장은 '학생들이 목욕을 할 수 있도록 해야 한다'는 제안을 거절했다. 그는 "우리와 함께 생활하는 기간이 기껏해야 8주밖에 안 되는데 목욕이 왜 필요합니까?"라고 잘라 말했다고 한다.

청결과는 거리가 멀었던 빈민가의 사람들

중산층 이상의 사람들은 몸을 씻기 시작했지만 가난한 사람들의 몸은 점점 더 더러워지고 있었다.

영국에서는 수십만에 달하는 농촌 인구가 새롭게 형성된 공업 도시로 일자리를 찾아 떠났다. 그들은 혼잡하고 연기가 자욱하게 낀 공

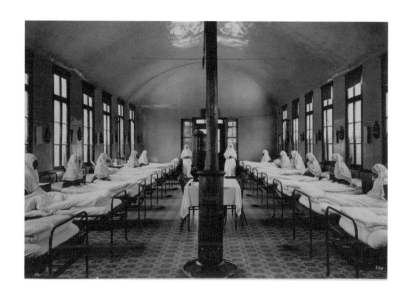

장에서 고된 하루를 보낸 후, 깨끗한 물도 없고 제대로 된 화장실도 없는 빈민가의 집으로 돌아갔다. 청결이 무엇인지 한 번도 경험해 본 적이 없는 그들은 몸을 씻는다는 생각 자체를 받아들이지 않았다. 어느 날 한 남자에게 때를 좀 밀어야겠다고 하자 그는 "몸을 씻는 것은 몇 년 동안 입어 온 코트를 빼앗기는 것과 같다"고 항변했다.

영국에서 급속하게 번져 나간 산업 혁명은 이제 다른 유럽 국가들에서도 빠르게 진행되었다. 1800년부터 1850년까지 독일 공업도시와 프랑스 공업도시의 인구가 두 배로 증가했고, 영국과 프랑스의 빈민가에서는 발진 티푸스, 디프테리아, 콜레라 같은 질병들이 순식간에 번져 나갔다.

인도인들에게서 청결을 배운 영국인들

대영제국은 18세기부터 인도를 지배하기 시작
했다. 하지만 빅토리아 여왕이 처음으로 인도의
군주가 된 것은 1858년의 일이었다.

당시의 영국인들은 고상한 척하면서 인도인들에
대한 우월감을 가지고 있었다. 하지만 아무리 편견
이 심한 영국 신사라 해도 부정할 수 없는 사실 한 가
지가 있었다. 그것은 인도인들이 영국인들보다 더 청결했다는 것이다. 영국인들이
몸을 씻기 시작하기 훨씬 전부터 인도인들은 깨끗하게 몸을 씻었다.

인도에 거주한 영국인들은 머리를 감지 않았다. 대신 그들은 머리에 오일을 바
르고 파우더를 뿌렸다. 하지만 인도인들이 허브를 넣어 끓인 물로 머리를 감는다
는 것을 알게 된 영국인들은 머리를 감는 것이 좋겠다는 생각을 하기에 이르렀다.

영어의 샴푸shampoo는 '누르다' 또는 '마사지하다'의 뜻을 가진 단어로 힌두어
참포champo에서 온 말이다.

공중 목욕탕의 귀환

빈민가의 환경을 조금이라도 개선하기 위해서는 어떠한 조치를
취해야만 했다. 그러나 지역 전체를 개선하는 것은 시간이 많이 걸리

는 일이었고 그보다는 공중 목욕탕을 짓는 것이 훨씬 더 빠른 방법이었다. 이렇게 해서 영국 최초의 공중 목욕탕이 1842년 리버풀에서 문을 열었고 그로부터 얼마 지나지 않아 함부르크와 베를린에서도 공중 목욕탕이 문을 열었다. 19세기 말에는 독일 도시들 대부분이 최소 한 개 이상의 공중 목욕탕을 갖게 되었다.

영국인들과 달리 독일인들은 가난한 사람과 부유한 사람이 함께, 아니 적어도 같은 건물에서 목욕하는 것이 맞다고 생각했다. 호헨슈타우펜바드Hohenstaufenbad는 세 개의 수영장(중산층 및 상류층 남성들을 위한 수영장과, 중산층 및 상류층 여성들을 위한 수영장 그리고 노동자들을 위

이동식 욕조와 물에 빠진 코트

욕실 딸린 주택이나 아파트
가 등장하기 전, 즉 19
세기 후반까지는 집
안 어디에 욕조를
놓아야 할지가
큰 고민거리
였다. 프랑스
파리의 경우
아파트에서 이
동식 욕조를 놓기
에 가장 적합한 곳은 현관
이었다.

한번은 화가 에두아르 마네가 친구 집을 찾아간
일이 있었다. 그런데 그때 어두컴컴한 현관에 들
어서던 마네가 자신의 코트를 물에 빠뜨리고 말
았다. 현관에서 탁자를 발견한 마네가 '상판(床
—)20)이 반들반들한 대리석으로 되어 있구나'라
고 생각하면서 코트를 접어 탁자 위에 놓았는데
코트가 그만 물 속으로 가라앉아 버린 것이었다!
마네가 탁자라고 생각했던 것은 탁자가 아니라
물이 가득 찬 욕조였다.

한 수영장)과 식당, 이발소 그리
고 다양한 등급의 욕조들을 갖
추고 있었다(지불하는 요금에 따라
이용할 수 있는 욕조도 달랐다).

건물이 아무리 멋지고 화려
해도 건물 뒤편의 출입구를 이
용해야 한다면 그 사람의 기분
이 좋을 리 없을 것이다. 독일
대중목욕탕조합German Association
for People's Baths이 '국민 1인당
주 1회 목욕'을 외쳤지만, 가난
한 사람들에게는 목욕탕이 멀
게만 느껴졌고, 국민 1인당 연
평균 목욕 횟수는 5회에 불과
했다.

영국과 프랑스라고 해서 상
황이 더 나은 것은 아니었다. 영
국과 프랑스에서는 여성들보다

남성들이 대중탕을 더 많이 이용했는데, 그것은 여성들보다는 남성

---

20) 책상이나 밥상의 널찍하고 평평한 윗부분

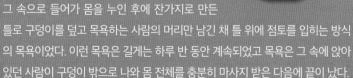

서아프리카 원주민들의 이색적인 목욕

1893년, 서아프리카를 여행한 영국 작가 메리 킹슬리는 음퐁웨족M'pongwe과 이갈와족 Igalwa의 목욕에 대해 자세히 묘사했다. 그들은 주로 뜨거운 물이 담긴 욕조에서 몸을 씻었지만 류머티즘을 치료하기 위해 그들이 가장 선호한 목욕은 깊게 판 구덩이에서 하는 목욕이었다. 그것은 일곱 가지의 허브와 소두구cardamom, 후추 그리고 끓인 물을 구덩이에 부어 수프 같은 푸른 혼합물을 만든 다음 그 속으로 들어가 몸을 누인 후에 잔가지로 만든 틀로 구덩이를 덮고 목욕하는 사람의 머리만 남긴 채 틀 위에 점토를 입히는 방식의 목욕이었다. 이런 목욕은 길게는 하루 반 동안 계속되었고 목욕은 그 속에 앉아 있던 사람이 구덩이 밖으로 나와 몸 전체를 충분히 마사지 받은 다음에 끝이 났다.

들의 가사 부담이 적었기 때문이기도 하고 또 남성들이 주로 '손발이 더러워지는' 일을 했기 때문이기도 하지만 그보다 더 큰 이유는 많은 여성들이 공공 장소에서 옷을 벗는 것에 대해 거부감을 가지고 있었기 때문이다.

목욕을 하면 죽는다?

청결(또는 위생)과 관련해서 프랑스가 해결해야 할 가장 큰 문제는 농촌 사람들의 잘못된 청결(또는 위생) 개념이었다. 가난한 농부들은 '때'가 자신의 건강을 지켜줄 것이라고 믿었고 더 나아가 목욕을 하

몸에 낀 때는 좋은 것이 아니다

프랑스에서는 성인들을 대상으로 그것도 하루아침에 '몸에 낀 때'가 좋은 것이 아니라는 사실을 깨닫게 하기가 쉽지 않았다. 그래서 전문가들은 학교에 다니는 아이들을 대상으로 씻기의 필요성을 알리려고 했다. 예를 들어 당시의 초등학교 저학년 아이들은 받아쓰기 수업 시간에 다음과 같은 글을 받아썼다고 한다.'루이즈는 차가운 물을 싫어한다. 그래서 오늘 아침에 루이즈는 수건만 살짝 코끝에 갖다 대고는 얼굴을 다 씻었다고 했다. 루이즈의 얼굴은 지저분했고 루이즈의 어머니는 그런 딸의 얼굴에 입맞춤하고 싶지 않았다.'

면 죽을 수도 있다는 생각까지 하게 되었다. 가령 어떤 사람이 죽었는데 죽은 이유가 몸을 씻었기 때문이라고 한다면 어느 누가 감히 씻을 생각을 하겠는가!

- 제 **6** 장 -

샤워의 등장

북미, 1800년 ~ 1900년

chapter 6.

Wet All Over at Once
NORTH AMERICA, 1800 TO 1900

샤워에 도전한 용기 있는 할머니

1799년 여름

그해 여름, 레베카와 제인과 새라는 할아버지가 뒷마당에 만들어 놓은 샤워기가 마냥 신기하기만 했다. 쇠줄을 당기면 물통 속의 물이 쏟아져 온몸을 한 번에 적실 수 있었기 때문이다.

샤워기를 가지고 노는 아이들의 웃음소리가 끊이지 않았고 할아버지도 샤워에 재미를 붙인 것 같았다. 하지만 딱 한 사람 샤워실에 들어가지 않겠다고 버티는 사람이 있었다. 바로 할머니였다.

할머니는 "샤워실에 들어가는 걸 누가 볼지도 모르는데…… 안

될 말이야"라고 하면서 샤워실에 들어가는 것을 완강히 거부했다.

그러자 큰손녀 레베카가 말했다.

"할머니, 누가 뭘 본다고 그러세요? 샤워실에 들어갈 때는 플란넬 가운을 입어요. 그리고 기름 먹인 천으로 만든 샤워 캡도 쓰고요."

할머니는 대답하기가 곤란하셨는지 괜히 엉뚱한 말씀을 하셨다.

"물이 머리를 치고 내려가는 건 좋지 않아. 잘못하면 병에 걸릴 수도 있고…… 난 왠지 편하지가 않구나."

그러자 레베카가 말했다.

"할머니, 무슨 말씀이세요, 얼마나 재미있다구요."

할머니가 말했다.

"글쎄……."

레베카가 기회는 이때다 하면서 말했다.

"우리 둘이 할머니 손을 꼭 붙잡을게요. 그리고 다 같이 들어갈 거니까 아무 걱정 마세요."

할머니와 아이들은 오후가 될 때까지 기다렸다. 해가 뜨겁게 달아 올라야 물통 속의 물이 따뜻해질 수 있었기 때문이다.

할머니가 잔뜩 긴장한 모습을 보이자 레베카가 할머니의 한쪽 손을 잡았고 새라도 질세라 할머니의 다른 쪽 손을 잡았다. 할머니와 새라 그리고 한쪽 팔로 어린 제인을 안은 레베카가 다 함께 샤워실로 들어갔다.

새라가 "하나, 둘, 셋!" 하면서 쇠줄을 잡아당기자 따뜻한 물이 '쏴' 하고 쏟아져 내렸고 겁에 질린 할머니는 '헉' 하고 숨을 들이마셨다. 하지만 잠시 후에는 할머니의 입가에 웃음이 번졌고 세 명의 손녀도 따라 웃었다.

그날 밤 우리는 할머니의 이야기에 귀를 기울였다.

"생각했던 것만큼 어렵지는 않았어. 지난 28년 동안 그렇게 한 번에 온몸을 적신 적이 없었는데 말이야."

미국인들이 청결해질 수 있었던 이유

19세기 초의 미국인들도 더럽기는 마찬가지였다. 그런데 1880년 대에 놀라운 일이 벌어졌다. 그 황량했던 땅이 청결과 위생을 강조하는 나라로 변모한 것이다. 19세기 말의 미국인들, 아니 적어도 도시에 거주한 미국인들은 '더할 수 없이 불결한 유럽인들'에 비해 상대적으로 더 청결하다는 자부심을 가지고 있었다.

어떻게 해서 미국인들은 유럽인들보다 더 청결해질 수 있었을까? 한마디로 말하면 그럴 만한 여건이 갖추어져 있었기 때문이다. 가령 상하수도의 건설은 옛 도시보다는 새롭게 조성된 도시에서 더 용이하게 할 수 있었다. 그리고 미국의 경우 활용할 수 있는 땅이 많고 땅값이 쌌기 때문에 욕실 딸린 널찍한 집에서 살 수 있는 가능성이 많았고 또 미국인들은 하인을 두지 않았기 때문에 배관 설비를 할 필요가 있었다.

유럽인들이 오래된 것을 중시했다면 미국인들은 새로운 것을 좋아했다. 그리고 개인의 청결과 위생이 바로 그 '새로운 어떤 것'이었다. 미국인들이 청결과 위생에 눈을 돌릴 수 있었던 것은, 독립 선언문에 잘 드러나 있듯, 평등에 대한 확고한 신념 때문이었다.

미국인들은 유럽인들과 달리 태어나면서부터 귀족이나 왕족 또는 상류 계층의 일원이 될 수 없었다. 그래서 미국인들은 정당한 방법으로 스스로를 차별화하려고 했고 그러한 목적에 부합한 것이 바로 청결과 위생이었다.

층마다 욕실과 화장실이 있었던 호화로운 호텔

호사를 누리기 위해 돈을 아끼지 않는 사람들, 그런 사람들을 위해 미국은 호화로운 호텔을 짓기 시작했고 미국인들은 그런 호텔에서 욕실에 대한 것을 많이 배울 수 있었다.

1829년 보스턴에서 문을 연 트레몬트 하우스는 호텔에 대한 사람들의 인식을 많이 바꿔 놓았다. 170개에 달하는 객실에 잠금 장치가 설치되고 공용 공간에 가스등이 설치되는 등 이전에 없었던 발상들이 사람들을 놀라게 했다. 그러나 그 모든 것 중에서 가장 새로운 것은 바로 지하에 위치한 여덟 개의 욕실이었다.

1836년, 트레몬트 하우스보다 더 호화로운 애스터 하우스가 뉴욕에서 문을 열었다. 증기 펌프를 이용해 옥상의 물탱크로부터 물을 공급할 수 있었던 애스터 하우스는 각 층에 욕실과 화장실을 둔 미국 최고의 호텔이었다.

비누 이야기 셋

16세기부터 18세기 전반까지 대부분의 유럽인들은 비누를 사용하지 않았다. 비누는 주로 부유층 여인들이 사용했는데 그들에게 비누란 손과 얼굴을 씻을 때 쓰는 세정제라기보다는 일종의 화장품(또는 향수) 같은 것이었다. 그러다가 유럽인들이 몸을 씻기 시작하면서부터 비누가 손과 얼굴을 씻을 때 반드시 필요한 물건으로 여겨지게 되었다. 하지만 비누 제조 기술의 발전이 없었다면 이러한 변화도 일어나지 못했을 것이다.

유럽인들은 소금에서 소다회(무수 탄산나트륨 無水炭酸 Natrium)를 추출하는 공정을 개발함으로써 재거름wood ash으로 만든 자극적이고 끈적끈적한 비누보다 훨씬 더 순하고 단단하고 저렴한 비누를 생산할 수 있게 되었다(염소와 소, 양, 고래, 바다표범으로부터 얻은 동물성 기름으로 흰색, 회색, 검은색의 비누를 생산했다). 한편 운송 수단의 발달로 스페인과 프랑스에서 생산된 올리브유 비누의 가격이 내려갔으며, 북미 지역 및 유럽의 비누 제조사들은 목화씨 기름과 코코넛 기름, 야자 기름 등으로 다양한 비누 제조법을 테스트할 수 있었다. 아이보리Ivory와 팜올리브Palmolive(야자나무와 올리브 오일을 혼합해서 만들었다 하여 붙여진 이름)는 미국에서 성공을 거둔 초기의 비누들이었다.

남북전쟁과 위생위원회

길고 피비린내 나는 전쟁이 씻는 일과 관련이 있다고 생각하는 사람은 많지 않을 것이다. 하지만 남북전쟁이 청결에 대한 미국적 사고 방식에 큰 영향을 끼쳤다는 것은 부정할 수 없는 사실이다.

미국인들은 영국인 간호사 플로렌스 나이팅게일이 크림 전쟁 (1853-1856)에서 보여준 헌신적인 행동에 깊은 감명을 받았다. 나이팅게일은 환자의 몸을 깨끗하게 씻기고, 병원의 벽과 바닥을 닦고, 시트와 옷을 세탁했다. 질병과 감염으로 인한 사망자의 수가 총상으로 인한 사망자의 수를 능가했다는 사실에 주목하여 청결하고 위생적인 환경을 만들려고 했던 것이다. 결국 그녀는 병원의 환경을 획기적으로 개선하여 수많은 생명을 구할 수 있었다.

나이팅게일의 사례를 본보기로 삼은 북부 연합군은 남북전쟁이 일어난 첫 해에 군의 청결과 위생을 전담하는 기구를 설립했다. 이 일을 두고 코웃음을 친 사람도 있었지만 위생위원회Sanitary Commission는 '몸을 깨끗이 하지 않는' 군인은 잘 싸울 수 없다고 판단하고 모든 군인에게 옷솔과 신발솔, 칫솔, 빗, 수건을 지급했다. 위스콘신 출신의 한 병사는 집으로 써

보낸 편지에서 "남는 시간을 청결 유지에 다 써야 한다"면서 불평을 늘어놓았다.

위생위원회의 활동은 성공적이었다. 1846~1848년의 미국-멕시코 전쟁에서는 질병으로 인한 사망자의 수가 총상으로 인한 사망자의 수보다 여섯 배나 많았다. 그러나 남북전쟁(1861-1865) 때 북부 연합군 측에서는 병사 두 명이 총상으로 전사할 때 세 명의 병사가 질병으로 사망했다. 이 일을 계기로 정부 관료와 의사들은 청결의 중요성을 새롭게 인식하게 되었고 참전 용사들은 뜨거운 물과 족욕, 칫솔이 가져다주는 안락함을 새삼 깨달으며 고향으로 돌아갔다. 그 후 북부 지역의 미국인들은 청결과 위생이 곧 진보와 승리라는 인식을 갖게 되었다.

아프리카계 미국인들의 청결 의식

남북전쟁이 끝난 후 4백만 명의 아프리카계 미국인들이 노예 신분에서 벗어났다. 노예들은 시트가 없는 잠자리에서 잠옷도 입지 않은 채 잠을 잤으며 제대로 된 목욕도 하지 못했다.

당대의 저명한 아프리카계 미국인이었던 부커 워싱턴은 노예의 신분이었음에도 불구하고 청결을 가장 중요한 생활원칙으로 여겼다.

배관의 역사

배관의 역사는 고대까지 거슬러 올라간다. 인더스 문명의 사람들과 중국인들, 페르시아인들과 아즈텍족(族) 사람들 그리고 그리스인들과 로마인들이 물을 끌어와 저장하는 방식과 하수 처리 방식을 고안해 냈는데 그중 가장 잘 알려진 것이 바로 로마인들이 발명한 송수로와 납 파이프였다. 만약 그것들이 없었다면 황제 대욕장과 공중 목욕탕 그리고 인근의 우물로 물을 끌어 대는 것은 불가능했을 것이다. 배관의 역사에서 놀라운 점 하나를 꼽는다면 그것은 이와 같이 다소 단순해 보이는 체계를 능가할 정도의 발전이 거의 2천 년 동안(기원 원년 무렵부터 19세기까지) 이루어지지 않았다는 것이다.

19세기 중반 이후에 대도시의 성장과 함께 수질 오염에 대한 우려와 청결에 대한 관심이 높아졌고 이를 계기로 배관도 개선되기 시작했다. 배관 개선 사업의 선두 주자는 미국이었고 사업의 목적은 깨끗한 온수와 냉수를 모든 주택과 아파트 꼭대기 층까지 공급하는 것이었다. 물론 같은 미국이라 해도 거주 지역에 따라 상수도가 설치되지 못한 경우도 있었지만 그래도 19세기 말엽에는 대부분의 가정에서 수도를 사용할 수 있었다.

현대식 상수도의 핵심 요소는 고압 펌프와 파이프 그리고 저수지이다. 이런 방식의 상수도를 고안하게 된 것은, 17세기에 보스턴 사람들이 중력을 이용해 용수를 끌어 오기 시작하면서부터였다(목재 파이프를 이용해 광천의 물을 저수지로 보냈다). 펌프의 경우 처음에는 증기로 작동하는 펌프가 사용되었지만 나중에는 수력으로 작동하는 펌프가 주를 이루었다.

한번은 교장 선생님이 교실 바닥을 쓸어 보라
고 했는데 그때 이미 강한 청결 의
식을 지니고 있었던 워싱턴은
바닥을 세 번이나 쓸고 먼지
를 네 번이나 털어냈다. 그
일이 있은 후 워싱턴은 학교
관리인으로 채용되어 스스로
수업료를 충당할
수 있었다.

1881년, 앨라
바마에 아프리카
계 미국인들을 위
한 교육대학 터스
키기 인스티튜트
를 설립한 워싱
턴은 '완벽하게 청결한 신체'와
이른바 '칫솔 복음'을 강조했다. 학생들 중에는 칫솔 하나만 들고 터
스키기에 오는 학생들도 있었는데 워싱턴은 다 닳아 못쓰게 된 자신
의 칫솔을 새것으로 교체하는 학생을 보면서 그 학생의 미래가 유망
할 것이라고 확신했다.

인디언식 한증막의 치유력과 영적인 힘

　북미 지역의 원주민들은 다양한 종류의 한증막을 이용했고, 그 지역을 찾은 여행자들 또한 한증막의 매력에 푹 빠져들었다.

　둥근 원뿔형 구조의 인디언식 한증막sweat lodge은 뜨거운 돌을 이용하거나 직접 불을 지펴 내부를 뜨겁게 했으며, 한증을 마친 사람들이 곧바로 물에 뛰어들 수 있도록 강가나 호숫가에 설치되었다. 원주민들은 한증막이 몸을 청결하게 해줄 뿐만 아니라 놀라운 치유력과 영적인 힘까지 지니고 있다고 믿었다. 하지만 원주민들을 기독교로 개종시키려고 했던 미국과 캐나다의 정부 관료들과 선교사들은 한증막이 영적인 힘을 지닌 존재로 남아 있는 것을 용납할 수 없었다.

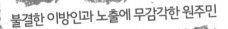

불결한 이방인과 노출에 무감각한 원주민

　19세기의 유럽인들과 미국인들은
청결에 관심을 두지 않았고 자신의 몸
이 노출되는 것도 끔찍이 싫어했다. 하지
만 일본인들은 그렇지 않았다. 일본인들은 목욕
을 즐겼고 자신의 몸이 노출되는 것에도 무감각했다.
그래서 서구의 이방인들이 일본을 여행하기 시작한 1850년대는 이방
인들과 원주민들 모두 놀라운 경험을 한 시기였다.

　원주민들은 이방인들의 몸에서 고약한 냄새가 난다고 했고 그 원인으로 이방인
들이 자주 씻지 않는다는 것과, 그들의 식생활, 즉 고기와 유제품을 주로 섭취하는
이질적인 식생활을 들었다. 당시의 일본인들은 고기와 유제품을 먹지 않았고 그런
것을 먹는 서구인들을 '버터 냄새 나는 사람들butter-stinkers'이라고 불렀다.

　한편 서구의 이방인들은 뜨거운 물이 가득 찬 큰 통에서 알몸의 남녀가 함께 목
욕하는 광경을 보고 경악을 금할 수 없었다. 하루는 외국인 여성 몇 명이 도쿄 가
든에서 산책을 하다가 그곳에서 일하는 정원사와 마주쳤는데 마침 그 정원사는
실외 욕조에서 목욕을 하고 있었다. 외국인 여성들을 발견한 정원사는 팅기듯이
일어나 인사를 했고 외국인 여성들은 기겁을 하며 사방으로 달아났다.

　1885년, 캐나다가 원주민들을 동화시키기 위한 노력의 일환으로
한증막의 설치와 이용을 금지했고, 2년 후에는 미국도 그와 같은 금
지령을 내렸다. 당국의 눈을 피해 원뿔형 구조물을 세우고 돌을 뜨겁

게 데우는 것은 결코 쉬운 일이 아니었을 것이다. 그럼에도 불구하고 원주민들의 상당수는 한증막 짓는 일을 포기할 수 없었다. 그들에게 한증막은 삶의 중요한 한 부분이었기 때문이다.

한증막 설치 및 이용에 대한 금지령은 미국의 경우 1934년까지 그리고 캐나다의 경우 1951년까지 풀리지 않았다.

욕조, 변기, 세면대를 갖춘 완성형 욕실의 등장

19세기 초까지만 해도 미국인들 (몸을 씻은 미국인들) 대부분은 부엌이나 침실에 둔 이동식 욕조에서 목욕을 했다. 그들은 손과 얼굴 그리고 몸의 다른 부위를 씻을 때는 침실 한쪽 구석에 놓인 세면대에 물을 받아 씻었고, 용변을 볼 때는 뒷마당에 설치된 변소를 이용했다. 하지만 19세기 말에는 도시에 거주한 미국인들 대부분이 그 모든 일을 집 안에서, 그것도 새롭게 꾸민 공간에서 해결할 수 있었다. 그것이 바로 욕실이었다.

당시의 욕실은 배수관에 연결된 욕조를 바닥에 고정시켜 놓은 단

순한 구조의 공간이었기 때문에 변기는 별도의 공간에 설치해야만 했다(침실에 딸린 세면대 또한 19세기 말까지 계속 사용되었다). 하지만 1908년에 시어스 카탈로그The Sears catalog 가 선보인 욕실은 욕조와 세면대 그리고 변기까지 갖춘 완성형 욕실이었다. 욕조의 가격은 어떤 재질 - 철 또는 무쇠 - 을 썼느냐에 따라 33.9달러에서 51.1달러까지 다양했다.

청결과는 거리가 먼 사람들

20세기 초에 엘라 사이크스Ella Sykes라는 한 교양 있는 영국 여성이 캐나다 서부 지역에서 '가사 도우미'로 일하면서 직접 경험한 일들을 책으로 펴냈다. 그녀의 이야기에 따르면, 농장에서 일을 마치고 돌아온 사람들은 부엌에 설치된 개수대[21]에서 손과 얼굴을 씻은 다음 더러운 수건으로 손과 얼굴을 닦았다. 그리고 그때 외에는 도통 씻는 일이 없었다. 한편 앨버타의 한 교사는 다음과 같은 이야기를 그녀에게 들려주었다. "한 이주민 아이의 셔츠 단추를 고쳐 끼워주려고 하는데 도저히 단추를 끄를 수가 없었어요. 알고 보니 그 아이의 어머니가 추운 날씨에 단추를 끄르지 못하도록, 채워진 단추를 아예 셔츠에 꿰매어 버린 거였어요."

---

21) 그릇이나 음식물을 씻을 수 있도록 된 대(臺) 모양의 장치

미국 이주민들에게 필요했던 것

1880년대에는 남유럽과 동유럽으로부터 수십만 명의 사람들이 미국으로 이주하기 시작했다. 그리고 1900년 무렵에는 뉴욕 인구의 37%가 이민자들이었다(당시의 뉴욕 인구는 350만 명이었다). 이주민들을 미국인화하기 위해서는 청결과 위생의 필요성을 강조해야 했고 그 일을 가장 효과적으로 할 수 있는 곳이 바로 학교였다.

교사들은 세면기 사용법과 비누 사용법을 학생들에게 가르쳤고 간혹 학생들의 청결 상태를 검사하다가 지나치게 때가 많은 학생이 나오면 곧바로 집으로 돌려보냈다. 뉴욕에 있는 한 학교의 교장은 교사들에게 '건강하려면 어떻게 해야 할까?'라는 질문을 매일 학생들에게 하라는 지시를 내렸다. 그리고 교사들이 그런 질문을 하면 아이들은 다음과 같이 따라 해야 했다.

피부를 깨끗이 하고,
깨끗한 옷을 입고,
깨끗한 공기를 마시고,
햇빛을 쬐어야 해요.

하지만 그런 말을 따라 한다고 해서 건강해지는 것은 아니었다.
이주민 아이들이 건강하기 위해서는 환기가 잘 되는 아파트와 상수도가 필요했다.

- 제 **구** 장 -

비누 광고와 연속극

1875년 ~ 1960년

chapter 7.

Soap Opera
1875 TO 1960

비누 광고

1933년, 토론토

찰리는 꾸지람을 듣고 자기 방으로 갔다. 꾸지람을 들은 것은 아빠와 함께 밖으로 나가 캐치볼을 하고 싶어 했기 때문이었다. 아무래도 찰리의 아빠는 아들과 놀아 줄 시간이 없는 것 같았다.

라디오에서는 굵고 낮은 목소리를 가진 남자가, 외모가 깔끔하지 않아 자신이 원하는 일자리를 얻지 못한 남자의 이야기를 하고 있었다. 만약 그가 팜올리브(Palmolive)로 목욕을 했다면 결과는 훨씬 더 성공적이었을 것이다…….

당신의 젊음을 지켜줘요

'에이, 광고잖아.'

찰리는 라디오에서 흘러나오는 이야기가 광고라는 것을 알고는 이내 흥미를 잃고 말았다.

"아빠, 지금 나가면 안 돼요?"

"잠깐, 요것만 듣고 나가자."

"그건 그냥 광고잖아요."

아빠의 표정이 굳어졌다.

"찰리, 광고를 들으면 흥미롭고 유익한 정보를 많이 얻을 수 있어. 내가 조금만 듣고 나가자고 했잖아."

찰리는 발을 질질 끌면서 엄마가 있는 주방으로 갔다. 찰리의 엄마는 식탁에 앉아 잡지를 보고 있었다. 젊은 신부를 내세운 럭스(Lux) 비누 광고가 엄마의 눈길을 끌고 있었던 것이다. 광고 사진 아래에는 〈'그럴게요!'라고 말하는 피부〉라는 문구가 씌어 있었다.

찰리의 엄마가 혼잣말로 중얼거렸다.

"이번 주에 럭스(Lux) 세일 행사가 있나 봐."

이제 찰리가 노려볼 차례였다.

"저 비누 쓴다고 엄마가 저 신부처럼 돼요? 그리고 엄마는 결혼을 했는데 왜 그런 광고를 봐요? 엄마는 지금 광고를 만든 사람들에게 넘어가고 있는 거라구요."

그때 찰리의 아빠가 주방으로 들어왔다.

"찰리, 너 왜 그러는 거야! 아빠한테는 멋대로 굴어도 되지만 엄마한테는 그러면 못써. 네 방으로 올라가서 반성해!"

자기 방으로 올라간 찰리는 할 만한 것이 없나 하고 찾다가 잔뜩 쌓여 있는 장난감들 사이에서 잡지 하나를 발견했다. 찰리는 책장을 넘기기 시작했다. 그런데 책장을 넘기는 도중에 욕조 속에 앉아 있는 사랑스러운 아이의 모습이 눈에 들어왔다. 아이는 수건을 들고 서 있는 아빠에게 물을 튀기며 장난을 치고 있었다. 찰리는 아이의 짓궂은 표정이 마음에 들었고 아이의 장난 치는 모습을 재미있게 바라보는 아빠의 모습도 마음에 들었다. 하지만 사진 아래에 '건강한 신체는 이것을 갈망한다'라는 문구와 함께 라이프부이Lifebuoy 라는 상표가 씌어 있었다.

'에이, 이것도 광고잖아.'

찰리는 다시 책장을 넘겼다. 하지만 찰리는 아이와 아빠의 모습을 담은 사진이 마음에 들었다. 자신도 아빠와 놀고 싶었던 것이다. 라이프부이Lifebuoy 비누를 쓰면 정말 이렇게 될 수 있을까? 까칠하던 찰리도 그 광고를 보고는 마음이 흔들렸다.

물에 뜨는 비누

가정용 세정제품으로 명성을 얻은 프록터 앤 갬블Procter & Gamble은 피부에 부드럽게 작용하는 비누를 만들기 위해 수년간 노력했다. 그리고 1878년에 이 회사는 그토록 원하던 비누 제조법을 알아냈다. 제품의 이름은 피앤지 화이트 솝P&G White Soap으로 정해졌다. 적어도 회사의 영업 담당 매니저인 할리 프록터가 그 사실을 알게 될 때까지는 말이다. 그는 제품의 이름이 마음에 들지 않아 더 나은 이름을 찾기 시작했다. 그러던 어느 날, 교회에서 목사의 설교를 듣고 있던 프록터의 귀에 '아이보리 궁전'이라는 말이 들어왔다. '아이보리 Ivory.' 프록터는 '아이보리'라는 말이 강렬하고 아름다운 어떤 것을

연상시키는 것 같았다. 결국 프록터 앤 갬블의 단단하고 하얀 비누에는 '아이보리'라는 이름이 붙여졌다.

그로부터 1년 후, 프록터 앤 갬블에 또 하나의 행운이 찾아왔다. 한 근로자의 실수로 비누 배합기에서 거품이 넘쳐 흘렀고 그것을 본 공장 사람들이 '넘쳐 나온 비누 거품을 어디에 쓰겠느냐?'고 했다. 하지만

굳은 거품 덩어리를 토막 내어 물에 넣었더니 물에 둥둥 뜨는 것이었다! 〈물에 떠요〉라는 아이보리의 장수 슬로건은 바로 여기에서 나온 것이었다.

비누 판매를 위한 새로운 전략

귀에 쏙 들어오는 제품명과 광고 문구의 중요성을 이해하는 것에 관한 한 할리 프록터가 시대를 앞서 갔던 것은 사실이다. 그러나 비누 제조업체들은 광고 회사와 협력할 수밖에 없었다. 실제로 화장용 비누와 광고는 수백 년 동안 함께 성장했으며 1800년대 후반에는 그 규모가 급속도로 커지기 시작했다.

광고 회사들은 비누 판매를 위한 새로운 전략을 펼치기 시작했다. 배우나 가수를 등장시켜 특정 회사의 제품을 사용하면 '피부가 반짝인다'거나 '더 아름다워진다'고 광고했던 것이다. 한편 비누 제조업체들은 비누 포장지를 모아서 보내는 소비자들에게 작은 '사은품'을 제공했다. 이 모든 전략, 즉 사은품 제공과 귀에 쏙쏙 들어오는 문구 그리고 대중의 눈길을 사로잡는 광고 모델 등은 이후 다른 종류의 상품 광고에서도 활용되었다. 한편 광고주들은 제품마다 주된 소비자 층이 다르다는 점에 주목하기 시작했다. 예를 들어 여성 청취자들을 위한 낮 시간대의 라디오 드라마에는 항상 비누 광고를 삽입했다(사람들은 그런 드라마를 '비누 오페라soap operas(연속극)'라고 불렀고 나중에는 그냥 '비누soaps'라고 불렀다).

비누 광고에 특별한 관심을 가진 것은 북미 지역 사람들이었다. 도시의 성장과 함께 많은 사람들이 사무실과 공장에서 일하게 되었는데 그들이 자기 자신과 동료들의 몸에서 나는 냄새를 의식하기 시작했던 것이다.

세균과 싸울 수 있는 유일한 방법

1800년대 중반, 이그나츠 젬멜바이스 박사(오스트리아 빈에서 의사로 일했다)가 분만실 의사와 의과대학생들에게 "환자를 보기 전에는 반드시 손을 씻어야 한다"고 말했을 때 그들은 코웃음을 쳤다. 그러나 20세기 초반에는 수많은 질병이 미세한 유기체에 의해 발생한다는 세균 병인설germ theory이 의사들과 공중 보건 전문가들에 의해 받아들여졌다. 그것은 분명 획기적인 학설이었지만 사람들에게 두려움을 안겨주는 학설이기도 했다. 1930년대와 1940년대에 항생물질이 발견되기 전까지는 씻는 것이 세균과 싸울 수 있는 유일한 방법이었다. 유럽과 미국의 비누 제조업체들은 더 싸고 더 부드러운 비누를 만들기 위해 노력했다.

아프리카 소비자들을 겨냥한 비누 광고

    짐바브웨   사람들에게는 '스미어링smearing'이
라는 풍습이 있었다. 그것은 몸을 씻은 후에 기름
에(또는 지방fat)과 흙을 섞어 몸에 바르는 것이었
다. 그렇게 하면 먼지 같은 유해 물질들로부
터 신체를 보호할 수 있었고 피부가 건조
해지는 것도 막을 수 있었다.

    20세기에는 아프리카 남부에 위치한 짐바브
웨에도 비누가 등장했다. 짐바브웨 사람들을 겨냥한 비누 광고는 힘과 아름다움이
라는 주제에 집중했는데 가령 남성 소비자들에게는 <성공한 남자는 라이프부이
Lifebuoy를 쓴다>라고 광고했고(아프리카 남자라면 당연히 석탄산(페놀) 살균제carbolic
disinfectant가 함유된 라이프부이를 사용해야 할 것만 같았다) 여성 소비자들에게는 <아
프리카에서 가장 사랑스러운 여성은 럭스Lux 미용 비누를 사용한다>라고 광고했
다(여성들 또한 당연히 그렇게 해야 할 것만 같았다).

    그러나 짐바브웨 사람들은 늘 바르던 '기름지고 부드러운 것'을 발라야만 깨끗
해졌다고 느낄 수 있었다. 기름진 것을 바르는 풍습이 쉽게 사라지지 않았던 것이
다. 그래서 사람들은 기름과 흙을 섞어 쓰는 대신 피부를 보호하고 피부에 윤기를
더해줄 수 있는 것, 이를테면 마가린이나 요리용 기름 같은 것에 눈을 돌리기 시작
했다!

    수많은 시행착오를 거듭한 짐바브웨 사람들은 '씻은 후에 몸에 바르는 것으로
가장 좋은 것은 바셀린이나 콜드 크림이다'라는 결론에 이르게 되었다. 그래서 짐
바브웨 사람들은 광고에서 본 비누로 몸을 씻은 다음, 광고와는 전혀 상관없는 것
을 찾아 발랐다.

---

22) 아프리카 남부 잠베지강과 림포포강 사이에 있는 내륙 국가로 1967년에 영국으로부터 독립했다.

소비자의 필요에 부합한 구강 청결제

1920년대에 북미 지역은 호황을 누리고 있었다. 그것은 곧 사람들이 많은 제품을 구매할 수 있다는 것을 의미했다. 놀라운 것은 광고주들이 새로운 '문제'를 제기하면서 그 문제를 해결할 제품도 함께 제안했다는 사실이다.

리스테린Listerine은 '필요need'를 창출하는 광고주들의 능력을 보여준 좋은 예라고 할 수 있다. 원래 리스테린은 수술 소독제로 사용하기 위해 개발되었지만 사실은 매우 다양한 용도로 쓰일 수 있는 것이었다.

리스테린 홍보에 나선 제조사 램버트 파머컬Lambert Pharmacal은 치과 의사들에게는 '구강 소독제'라고 했고, 일반 소비자들에게는 '구

안전한 소독제

- 상처 감염을 막아준다

- 치아를 튼튼하게 하고
  구강을 청결하게 한다

- 면도 후에 로션 대신
  쓸 수 있다

LISTERINE

강 청결제'라고 했다. 그러나 매출이 늘지 않자, 회사 대표였던 제라드 램버트가 사내 직원에게 리스테린의 효능을 빠짐없이 작성해서 보고하라고 지시했다. 그런데 그 직원이 가져온 목록에 램버트가 이해하지 못한 단어가 하나 있었다. 바로 '구취halitosis'

였다. 곧바로 '그것은 나쁜 입
냄새라는 말입니다'라는 약사
의 설명이 이어졌고 그 순간 리
스테린은 새로운 정체성을 얻게
되었다.

그리고 누구에게나 이루어지
지 않은 사랑, 취업과 승진에서
의 실패라는 쓰라린 경험들이 있
을 것이다. 램버트 파머컬은 이
처럼 일상에서 겪는 수많은 일들
이 모두 입에서 나는 나쁜 냄새
때문에 일어난다는 것을 광고를
통해 사람들에게 알렸다.

가령 에드너는 '종종 친구

공중목욕탕에서 개최된 오페라 공연

1937년 이탈리아
의 독재자 베니토
무솔리니가 여름에
로마를 떠나 있을
수 없는 사람들을
위해 야외 오페라
를 개최했다. 무대
가 설치된 곳은 카
라칼라 대욕장이었
는데 욕장 내 유적들의 크기가 어찌나 컸던지 길
이 30미터, 폭 50미터에 달하는 대형 무대가 만
들어졌다. 그것은 등장 인물들은 물론 낙타와 코
끼리, 말, 사자 그리고 마차까지 등장하는, 베르디
의 오페라 「아이다Aida」를 위한 완벽한 무대였다.
아직까지도 그곳에서는 오페라 공연을 비롯한 다
양한 행사가 열리고 있다.

결혼식에 들러리를 서지만 아직 결혼은 못한' 아름다운 여성이었고
스메들리는 입 냄새를 풍기기 전까지는 여성들이 매우 매력적인 사
람으로 여길 만한 남성이었다. 그리고 〈아이들이 당신을 별로 좋아
하지 않나요?〉라는 제목의 광고는 사내 아이가 자신을 안으려는 엄
마를 피하면서 얼굴을 찌푸리는 모습을 보여주었다. 가장 걱정스러
운 것(리스테린 제조사로서는 가장 돈이 되는 것)은 아무도 구취가 난다는

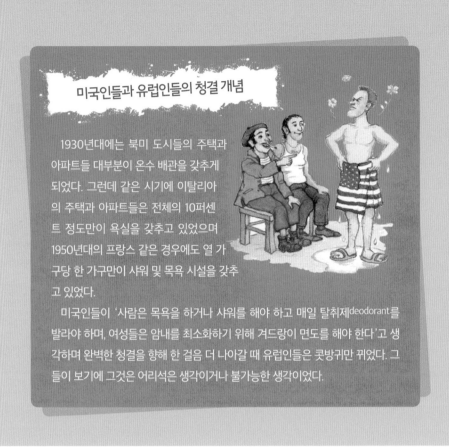

미국인들과 유럽인들의 청결 개념

1930년대에는 북미 도시들의 주택과 아파트들 대부분이 온수 배관을 갖추게 되었다. 그런데 같은 시기에 이탈리아의 주택과 아파트들은 전체의 10퍼센트 정도만이 욕실을 갖추고 있었으며 1950년대의 프랑스 같은 경우에도 열 가구당 한 가구만이 샤워 및 목욕 시설을 갖추고 있었다.

미국인들이 '사람은 목욕을 하거나 샤워를 해야 하고 매일 탈취제deodorant를 발라야 하며, 여성들은 암내를 최소화하기 위해 겨드랑이 면도를 해야 한다'고 생각하며 완벽한 청결을 향해 한 걸음 더 나아갈 때 유럽인들은 콧방귀만 뀌었다. 그들이 보기에 그것은 어리석은 생각이거나 불가능한 생각이었다.

말을 해주지 않을뿐더러 스스로도 그것을 알아차릴 수 없다는 것이었다. 리스테린의 광고가 사실이라면 구취는 그야말로 전국적인 현상이었다!

수백만에 이르는 북미 지역 사람들이 아침마다 리스테린으로 입안을 헹구기 시작했고 램버트의 연 수익은 1921년 11만 5천 달러에

서 1928년 8백만 달러 이상으로 늘어났다. 한마디로 리스테린으로
대성공을 거둔 것이었다.

겨드랑이 땀 냄새와 탈취제 광고

1907년의 어느 무더운 날이었다. 신시내티의 한 병원에서 수술
을 하고 있던 머피 박사가 문득 자신의 몸이 땀에 젖어 있다는 것을
깨닫고 탈취제를 만들었다. 박사는 그것을 마케팅할 생각이 전혀 없
었다. 하지만 그의 딸 에드너는 생각이 달랐다(당시에 에드너의 딸은
십대 소녀였다). 에드너는 아버지가 만든 탈취제의 이름을 오도로너
Odorono[23])라고 지었고 할아버지에게서 빌린 돈 150달러로 제품을 만
들었다.

에드너는 20세기에 세상을 떠들
썩하게 한 광고들 중 하나(그
광고는 레이디즈 홈 저널The
Ladies' Home Journal을 위해
만든 광고였다)를 만든 제임
스 웹 영에게 광고 제작을

---

23) Odorono는 'Odor? Oh, no!(냄새? 아 안 돼)'를 줄인 말이다.

요청했다. 그가 만든 광고 삽화는 매력적인 여성이 남성의 어깨에 팔을 올리고 있는 모습을 묘사한 것이었다. '여성의 팔에 싸여Within the Curve of a Woman'라는 제목과 '말하기 꺼려하는 주제에 대한 솔직한 이야기'라는 부제를 가진 이 광고는 겨드랑이에서 나는 땀 냄새를 노골적으로 표현하고 있었고 또 '스스로는 맡을 수 없지만 남들은 맡을 수도 있는' 냄새에 대해 스스럼없는 경고를 보내고 있었다.

여성을 땀과 결부시키는 광고는 독자들의 심기를 불편하게 만들었다. 그리고 제임스 웹 영을 알고 있던 몇몇 여성이 다시는 그 사람과 이야기하지 않겠다고 으름장을 놓았고 2백여 명의 레이디즈 홈 저널 구독자들은 노골적인 광고에 항의하는 뜻으로 잡지 구독을 취소했다. 그러나 아이러니한 것은 광고가 나온 지 일 년 만에 오도로너Odorono의 매출이 112퍼센트 증가했다는 것이었다.

청결에 대한 욕망

비누와 샴푸, 탈취제의 매출이 1920년대에 폭발적으로 증가했지만 해당 제품을 만드는 제조사들은 걱정이 많았다. 정비된 도로와 자동차, 전기 덕분에 먼지투성이의 길과 말, 석탄 난로, 경유 램프가 있던 시절보다 더 청결하게 살 수 있게 되었고 중앙 난방의 발달로 무

거운 양모 옷을 입을 필요가 없
어졌기 때문에 땀도 덜 흘리게
되었으며 기계화된 공장과 노동
절약형 장치들의 등장으로 노동
자와 가정 주부도 더 깨끗하게
지낼 수 있게 되었다.

1930년대의 대공황 시기에
는 개인 위생 용품의 매출이 둔화
되기도 했지만 얼마 안 가서 다시
회복되었다. 미국인들은 광고에
관한 한 타고난 재능을 지니고
있었을 뿐만 아니라 더 청결해
지고자 하는 끝 모를 욕망을 가
지고 있었다. 이는 곧 그들이 '몸
단장에 필요한 제품'에 대한 캠
페인을 성공적으로 전개함으로

버드나무 가지와 소금으로 이를 닦았던 사람들

20세기 중반에 대부
분의 중국인들은 법
랑 대야에 물을 받아
서 씻었다. 어떤 사
람들은 스탠드를 만
들어 그 위에 대야를
올려놓고 씻었고, 어
떤 사람들은 조리대나 탁자 위에 대야를 올려놓
고 씻었다(따뜻하게 데워진 물을 대야에 부은 다음
그 물로 수건을 적셔서 몸을 닦았다).
한편 지방에 사는 중국인들은 끝이 해진 버드나
무 가지와 소금으로 이를 닦았는데 그런 전통도
오래가지는 못했다. 1930년대에 중국 동부의 항
저우 사람들은 78종 이상의 현대식 칫솔과 수십
가지의 치약 중에서 마음에 드는 것을 골라 쓸 수
있었다. 그리고 그때는 풍족한 시절이 아니었기
때문에 치약을 살 때 선물로 주는 도구로 마지막
까지 치약을 짜낼 수 있었다.

써 세계 시장을 선도하게 되었다는 것을 의미했다. 수백만 명의 미국
인들은 여전히 구취와 암내, 발 냄새가 나는 것을 두려워했고, 당대
에 가장 유명했던 영화배우들은 피부를 더 아름답게 가꾸기 위해 비
누를 사용할 것을 권했다(배우 열 명 중 아홉 명이 럭스 걸Lux Girls이었다).

- 제 **8** 장 -

집 안에서 가장
성스러운 곳

1960년 이후의 현대

chapter 8.

The Household Shrine

1960 TO THE PRESENT

외모와 청결에 집착하는 미국인들

1985년, 시애틀

"몰리, 다음은 네 차례지?" 워렌 선생님이 말했다.

긴장한 몰리가 노트를 들고 교실 앞쪽으로 나갔다. 다른 아이들과 달리 몰리는 삼각대 위에 사진이나 그림을 올려놓지 않았다. 이번에 선생님께서 내주신 숙제는 다른 사회들에 대해 조사하는 것이었다. 지금까지는 다른 친구들이 애리조나주(州)의 주니족(族), 래브라도의 이누족 그리고 스웨덴의 새미족에 대해 발표했다.

몰리의 발표가 시작되었다.

"저는 연구가 많이 이루어지지 않은 사람들에 대해 발표하겠습니다. 그들은 나시레마Nacirema 족으로 북미 지역에 살고 있어요."

"북미 지역 어디에 살고 있나요?" 한 남자 아이가 손을 흔들며 질문했다.

첫 번째 난관. 몰리는 재빨리 머리를 굴렸다.

"괜찮다면, 발표를 끝낼 때 질문을 받을게요."

워렌 선생님이 고개를 끄덕였고 몰리는 발표를 이어 갔다.

"나시레마족 사람들은 아주 부유한 사람들이에요. 하지만 그들은 자기 스스로 추하다고 생각하고 또 혹시라도 몸이 아프면 어쩌나 하고 걱정하는 사람들이에요. 그래서 그들은 집 안에 아주 특별한 곳, 그러니까 성지(聖地)를 만들죠. 그리고 그들은 자주 그곳을 드나들면서 자신의 생활이 개선되기를 바라는 마음으로 특별한 행동을 해요."

몰리의 이야기를 듣고 있던 반 친구들이 어리둥절한 표정을 지었다.

"가장 영향력 있는 사람들의 집에는 성지(聖地)가 여러 개 있어요. 그리고 성지(聖地) 안의 벽에 마술 상자가 있는데 상자 안에는 어른들과 아이들을 위한 가루와 물약이 가득 들어 있고 또 상자 아래에는 의식을 치를 때 사용할 '신성한 물'을 담는 대야가 있어요. 어떤 의식에서는 돼지 털로 만든 솔을 입 안에 넣어 이리저리 돌려야 하는데 아이들도 어른들과 똑같이 해야 된대요."

"윽! 돼지 털을 입에 넣는대!"

로비가 소리를 질렀다.

"구역질 나!"

데이비드가 토하는 시늉을 하며 말했다.

"아직 끝나지 않았어요."

몰리가 말했다.

"지금까지 말한 의식들은 그들에게 아주 중요한 것들이에요. 하지만 나시레마족 사람들은 혼자서 그 의식들을 치른대요."

몰리가 발표를 마치자 친구들의 손이 하나 둘 올라오기 시작했다. 그런데 몰리는 질문에 대답하는 대신 친구들에게 되물었다.

"이제 나시레마Nacirema족에 대해 좀 알겠어요?"

친구들의 표정이 멍해졌다.

"나시레마 하면 뭔가 떠오르는 게 있을 텐데요?" 몰리가 힌트를 주었다.

더 멍해진 표정들.

이쯤 되면 몰리가 알려주는 수밖에 없었다.

"아메리칸American을 거꾸로 읽어보세요. 그럼 나시레마Nacirema 가 되죠?"

그제서야 반 친구들의 얼굴에 웃음이 번지기 시작했다. 몰리가 말한 '집 안의 성지(聖地)'는 욕실이었고 마술 상자는 욕실 벽에 붙어 있는 수납장이었다! 몰리는 인류학자 호러스 마이너가 외모와 건강, 청결 문제에 집착하는 미국인들을 살짝 비틀어 이야기하기 위해 나시레마를 생각해냈다는 설명을 덧붙였다.

"정말 기발하구나, 몰리, 그런데 그림도 함께 보여주지 그랬니?" 워렌 선생님이 물었다.

"세면대와 수납장이 신비롭게 보여야 하는데 그게 좀 어렵더라구요." 몰리가 웃으며 대답했다.

욕실이 많아야 잘 사는 집이다!

1956년, 호러스 마이너가 「나시레마족의 신체 의례Body ritual among the nacirema」라는 패러디 논문을 발표했다. 만약 마이너 박사가 최근에 그런 논문을 썼다면, 집 안의 성지를 훨씬 더 과장되게 표현했어야 할 것이고 또 그곳에서 이루어지는 의례적인 일들을 더 복잡하게 묘사했어야 할 것이다.

마이너 박사의 설명에 따르면, 나시레마족은 집 안에 있는 욕실의 수로 그 집 주인의 부유한 정도를 판단했다. 하지만 마이너 박사의 논문이 발표된 후에 집 안의 욕실 수가 더 늘어났다. 예를 들어 뉴욕 5번가의 스태너프 호텔the Stanhope Hotel에는 침실 여덟 개짜리 초호화

객실이 있고 객실 내의 욕실 수도 열한 개나 된다고 한다(주(主)침실에만 두 개의 욕실이 있다).

2005년 한 해 동안 미국에 건설된 주택들의 경우 네 곳 중 한 곳이 세 개 이상의 욕실을 갖추고 있는데 단순히 욕실의 수만 늘어난 것이 아니라 욕실의 크기도 훨씬 더 커졌다(1994년부터 2004년까지 미국 욕실의 평균 크기는 세 배 더 커졌다).

청결과 위생에 반기를 든 젊은이들

북미 사람들은 청결과 위생을 중요시했다. 그래서 1960년대의 젊은이들에게는 부모와 교사 그리고 그 밖의 다른 권위들에 저항하려

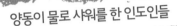

양동이 물로 샤워를 한 인도인들

예로부터 양동이나 항아리에 물을 받아 몸을 씻어 온 인도인들은 도시 지역의 상수도 설치를 환영했다. 하지만 폭염이 기승을 부리는 여름에는 상수도 소용이 없다. 예를 들어 뉴델리에서는 하루에 한두 차례, 그것도 몇 시간 동안만 물이 나오기 때문에 높은 곳에 설치된 물탱크에 물을 받아 두어야 하는데 사실 기온이 38도를 넘는 무더운 날씨에 물탱크 속의 더운 물로 샤워를 하는 것은 그다지 즐거운 일이 아닐 것이다. 그래서 인도인들은 여름이 되면 양동이와 항아리를 다시 꺼낸다. 그들은 양동이에 물을 받아 두었다가 아침이 되면 머리 위로 차가운 물을 들이붓는다. 그렇게 하면 물을 아낄 수 있고 또 작은 폭포 아래에 서 있는 듯한 느낌을 받을 수 있기 때문이다.

고 할 때 탈취제, 이발, 면도 그리고 씻기를 포기하는 것이 자신의 의지를 가장 분명하게 나타내는 방법이었다. 긴 머리와 손수 지은 옷, 평화를 상징하는 표식, 맨발, 길게 기른 수염은 광고와 비즈니스, 전쟁에 대한 반대 의사를 표시하는 것이었다. 사람들은 그들을 히피라고 불렀는데 그들의 외모와 정치관, 삶에 대한 태도가 기존의 가치에

도전하는 것들이었기 때문에 상당한 반감을 불러 일으킬 수밖에 없었다. 1966년 당시에 캘리포니아 주지사였던 로널드 레이건은 히피들을 가리켜 "타잔처럼 입고, 제인처럼 머리를 기르고 치타와 같은 냄새를 풍기는" 사람들이라고 했다.

여유 있는 사람들의 호화로운 욕실

오늘날의 호화 욕실들은 공상 과학 소설 속의 욕실들을 닮아 가는 것 같다. 커다란 욕조가 60초 만에 물로 가득 채워지고, 욕실 내의 저울이 근육량과 체지방의 비율을 계산해 주며, 적외선 센서가 장착된 수도 꼭지에서 저절로 물이 나온다. 김이 서리지 않는 거울과 방수 처리된 플라즈마 TV가 있는 욕실에서 열대 우림의 호우처럼 쏟아지는 물로 샤워를 할 수 있다.

여유가 있는 사람이라면 자신의 욕실을 이국적으로 바꿀 수도 있다. 칸막이가 쳐진 좁은 공

간이 아니라 넓은 공간을 욕실로 사용할 수 있는 일본식 '습식 욕실'로 바꿀 수도 있고 아니면 고대 로마의 분위기가 나는 욕실로 바꿀 수도 있다. 만약 욕실 바닥이 무게 820킬로그램의 발 달린 대리석 욕조를 지탱할 수만 있다면 마치 황제의 욕실처럼 꾸밀 수도 있을 것이고 또 여러 사람이 함께 즐길 수 있는 중세의 증기탕이 마음에 든다면 네 사람 정도가 함께 사용할 수 있는 욕조도 만들 수 있을 것이다.

물을 절약하려면 어떻게 해야 하나

북미 지역의 사람들은 1인당 하루 평균 375리터의 물을 사용하고, 프랑스인은 190리터 그리고 사하라 사막 남쪽의 아프리카 지역 사람들은 7.5~19리터의 물을 사용한다. 하지만 우리는 북미 사람들이 물을 많이 쓴다고 비난하기 전에 고대 로마인들을 떠올려 봐야 한다. 최고의 효율을 자랑하는 송수로와 호화로운 공중 목욕탕을 갖추고 있었던 로마인들의 1인당 하루 평균 물 사용량은 무려 1,135리터였다.

오늘날 캘리포니아와 텍사스, 플로리다 그리고 기타 북미 지역의 기후가 건조하다는 것은 부인할 수 없는 사실이며 앞으로는 기후 변화로 인해 가뭄이 더욱 심각해질 것이라고 전문가들은 내다보고 있다. 한 예로, 2015년에 캘리포니아주(州)가 4년 동안 극심한 가뭄에 시달리자 주지사는 물 사용량을 25퍼센트 가량 줄이기로 결정했다(단 농업용수는 예외였다).

캘리포니아 주민들이 사용을 자제해야 했던 용수는 주로 잔디에 뿌리는 물이었다. 몸을 씻는 데 필요한 것은 아니지만 어쨌든 깨끗해지기 위해서는 여전히 많은 물을 사용해야 한다. 미국인들은 샤워를 할 때(샤워하는 시간은 평균 8분이다) 약 65리터의 물을 사용하고 목욕을 할 때 132∼190리터의 물을 사용한다. 몇 점의 먼지를 씻어 내기 위해 엄청나게 많은 물을 몸에 쏟아 붓고 있는 것이다.

변기 중에 일본식 변기만큼 다양한 기능을 가진 것은 찾아보기 힘들 것이다. 일본식 변기는 사용자에게 반갑게 인사를 건네고, 시트를 따뜻하게 데우고, 화장실 안의 불쾌한 냄새를 없애 주고, 혈당과 맥박, 혈압을 측정해 준다. 하지만 일본인들이 가장 중요하게 여기는 기능은 씻겨 주는 기능이다. 그래서 그들은 이러한 변기를 워시렛washlet이라고 부른다. 버튼을 눌러 기능을 선택하면 노즐에서 분사되는 물과 드라이어에서 나오는 바람이 은밀한 부분과 궁둥이를 깨끗이 씻어주고 말려준다. 놀라운 것은 이 모든 과정이 사용자가 앉아 있는 동안 진행된다는 것이다. 똑똑한 워시렛!

북미 지역의 수도 요금은 유럽 지역의 수도 요금의 절반도 안 되는 수준이다. 어쩌면 북미 지역 사람들은 '물 값이 싸기 때문에 물을 많이 써도 괜찮다'는 생각을 하고 있는 것은 아닐까? 만약 그렇다면 수도 요금을 올리는 것이 물을 절약하는 지름길이 될 것이다.

다음과 같은 방법으로 여러분 스스로 물을 절약해 보는 것은 어 떨까.

1. 샤워 꼭지를 수압이 낮은 것으로 교체하고 적당한 시간에 샤워 를 마칠 수 있도록 타이머를 설치한다.
2. '네이비 샤워'(물이 귀한 군함에서 하는 샤워)를 한다. 즉, 비누칠 을 하거나 샴푸를 하는 동안 수도꼭지를 잠가 두었다가 헹굴 때 다시 트는 것이다. 손을 씻거나 양치질을 할 때도 그렇게 할 수 있다.
3. 샤워기에서 나오는 물이 따뜻해질 때까지 양동이 같은 물통에 물을 받아 두었다가 화초에 준다.
4. 샤워하는 횟수를 줄인다. 대신 더러운 부위는 젖은 수건과 비 누로 꼼꼼하게 닦는다.

머리를 감지 않는 사람들

최근 들어 세정(洗淨)에 대한 인식을 바꾸려는 작지만 강한 움직

임이 일어나고 있다. 쉽게 말해서, 샤워와 목욕의 횟수를 줄이고 부분 세정을 자주 해주는 것이 더 낫다는 것이다. 어떤 사람은 겨드랑이에서 나는 냄새를 없애기 위해 얇게 썬 레몬 조각으로 겨드랑이를 문지르고, 어떤 사람은 6개월 동안 머리를 감지 않는다(머리를 감지 않는 사람들을 가리켜 노-푸No-Poo족이라고 하는데 이것은 샴푸를 하지 않는다고 하여 붙여진 이름이다). 그들 중 일부는 환경을 우려하는 사람들, 즉 물을 절약해야 하는 것은 물론이고 화학적으로 독성이 있는 크림이나 로션, 비누, 샴푸 등이 호수와 강으로 흘러 들어가지 않도록 해야 한다고 주

자바섬 사람들의 머리 감는 의식

유럽인들과 북미 지역 사람들은 한 해의 마지막 밤을 파티와 샴페인으로 기념하고 자바섬 사람들은 머리를 감는 것으로 기념한다. 자바섬 사람들은 한 해의 마지막 날에 섬 여기저기에 흩어져 있는 성지(聖地)들을 순례한 후 자정 무렵에 강이나 광천 또는 특별한 물웅덩이에서 머리를 감는다(수천 명이 함께 모여 머리 감는 의식을 치른다). 그리고 기념할 만한 또 다른 일을 앞두었을 때에도 그들은 머리를 감는다. 예를 들어 여자 아이가 초경을 시작할 때, 사람이 태어나거나 죽을 때, 결혼식을 올릴 때 그리고 라마단 금식을 시작할 때 머리를 감는다.

장하는 사람들이다. 노-푸족은 우리의 행동과 소비를 지배하는 광고에 진저리를 치면서 '건강하고 윤기 있는 머릿결을 샴푸로 망치지 않

을 것'이라고 다짐하고 있다. 그리고 많은 사람들이, 몸을 자주 씻으면 신체가 필요로 하는 박테리아까지도 함께 씻겨 나간다고 생각하고 있다(이 내용에 대해서는 다음 장에서 더 다루도록 하자.)

핀란드의 사우나 문화

핀란드는 자동차보다 사우나가 더 많은 나라다. 인구 5백3십만 명의 나라에 무려 3백만 개에 달하는 사우나가 있기 때문이다. 대부분의 핀란드인들이 두 살 무렵에 첫 사우나를 하고 99 퍼센트의 성인이 1주일에 1회 이상 사우나를 한다(사우나를 하는 데 걸리는 시간은 약 2시간 30분이다). 심지어 수년간 인기리에 방영된 한 TV 쇼에서는 남성 진행자 두 명이 게스트로 출연한 유명인과 함께 사우나를 하면서 프로그램을 진행했다. 여성과 남성이 함께 사우나를 하는 경우는 없기 때문에 남성들만 게스트로 초대되었는데 그 중에는 장관이나 국회의원 같은 사람들도 여럿 있었다(장관이 열 명 이상, 국회의원이 백 명 이상 출연했다).

핀란드 의회는 전용 사우나를 갖추고 있다. 그래서 어떤 사안을 놓고 정부 관료들이 합의에 이르지 못할 경우 사우나를 하면서 논의를 이어간다. 또한 세계 각국의 핀란드 대사관들도 사우나를 갖추고 있다. 견해를 달리하는 사람들을 사우나로 초대해서 서로의 견해 차이를 증기와 함께 날려버리는 '사우나 외교'를 수행하는 것이다.

그러나 21세기에 접어들면서 변화의 바람이 불기 시작했다. 점점 더 많은 여성들이 핀란드 정치에 참여하기 시작한 것이다. 핀란드 의회에서 여성들이 전체 의석 수의 40 퍼센트를 차지하게 되었고, 타르야 할로넨Tarja Halonen이 핀란드의 첫 여성 대통령으로 선출되었다(재임 기간은 2000~2012년). 여성 지도자들이라고 해서 사우나 미팅을 안 하는 것은 아니지만 그들 중 몇몇은 '그렇게 하면 미팅 시간이 너무 길어진다'고 말한다.

- 제 **9** 장 -

청결에 대한 새로운 인식

미래로

chapter 9.

Good Microbes, Bad Microbes

INTO THE FUTURE

건강에 유익한 미생물들

2015년, 메인주 포틀랜드

카일은 걱정이 이만저만이 아니었다. 과학 품평회가 몇 주 앞으로 다가왔는데 아직 어떤 프로젝트를 할지도 결정하지 못했기 때문이었다. 점심시간에 친구들은 빗물 모으는 장치의 제작, 미소의 전염 여부를 알아보는 실험 설계, 은 세척용 건전지 발명 등 각자가 생각해 낸 멋진 아이디어들에 대해 이야기했다. 카일은 아무리 머리를 쥐어짜도 좋은 아이디어가 생각나지 않았다. 하루는 카일이 부엌에서 팝콘을 튀기고 있는데 거실에 있던 엄마가 큰 소리로 카일을 불렀다.

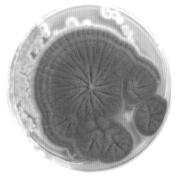

"카일, 이것 좀 봐. 우리 몸 속에 사는 장내 미생물microbiome에 관한 건데 정말 재미있어."

"그런 건 처음 들어요." 카일이 툴툴거리며 말했다. 하지만 달리 할 일이 없었던 카일은 마지못해 거실로 가서 엄마와 함께 TV를 보기 시작했다.

TV 광고가 나오는 동안 카일은 엄마의 설명을 들어야 했다. "여기 보니까 사람 피부와 몸 속에 수조(兆) 개의 보이지 않는 미생물이 살고 있대." 엄마가 소파에서 살짝 튀어 오르듯 고쳐 앉으며 말했다. 카일의 엄마는 늘 이런 쪽에 관심이 많았다. "우리 몸 속에 있는 미생물의 수가 세포 수보다 열 배나 많대. 그리고 그것들 대부분이 박테리아이고 경우에 따라서는 균류나 바이러스일 수도 있대. 과학자들은 미생물이 사람에게 유해한 것이라고만 생각해 왔는데, 이제는 몸 속에 있는 미생물이 사람에게 유익하다는 것을 조금씩 밝혀 내고 있대."

광고가 끝나자 카일의 엄마가 다시 TV에 집중하기 시작했다. 카일은 엄마의 기분을 맞춰 주려고 그저 몇 분 동안만 볼 생각이었지만 이내 자신도 빨려 들고 말았다. 장내 미생물에 관한 이야기는 정말 놀라웠다. 이제 카일은 인간 스스로 비타민을 합성하고, 음식물을 소화하고, 면역체계를 튼튼하게 유지하는 데 미생물이 많은 도움을 준다는 것을 알게 되었고 장내 미생물에게 독특한 개성이 있다는 것도 알게 되었다. 그것을 알게 된 한 예술가는 사람들의 배꼽에서 채취한 미생물을 배양하여 '초상화'의 재료로 삼았고 그 초상화로 기이한 전시회를 열었다고 한다.

TV에서 보여주는 것들 중에는 정말 역겨운 것도 있었다. 예를 들어 일부 의사들은 클로스트리디움 디피실(C. difficile, 장 감염을 일으키는 세균) 감염증을 치료하기 위해 다른 사람의 대변을 환자의 몸에 집어넣었다고 한다. 그리고 방송에 출연한 과학자들은 청결에 집착하는 것이 아주 해로운 것이라는 이야기도 들려주었다. 카일은 그 이야기가 마음에 들었다. 그리고 애완동물과 함께 사는 아이들이 알레르기나 천식 같은 질환에 잘 걸리지 않는다는 설명이 나오자 카일은 기뻐하며 소리를 질렀다. "그래 그거야!"

깜짝 놀란 엄마가 물었다. "그거라니?"

"선생님이 내준 숙제 말이에요, 엄마! 아이들을 애완 동물을 기르는 아이들의 집단과 그렇지 않은 아이들의 집단으로 나눠서 실험을 하는 거예요. 반 친구들의 손에서 채취한 표본을 평판에 묻혀 어두운 곳에 놓고 24시간 동안 배양한 다음 그것들을 비교하는 거죠. 저 과학자의 말이 맞다면, 애완동물을 키우는 아이들의 표본이 담긴 접시에 훨씬 더 다양한 미생물들이 있을 거예요. 정말 멋진 실험이 될 거라구요!"

늘어나는 결벽증 환자들

결벽증 환자는 세균을 두려워하고 더러운 것을 두려워한다. 그리고 요즘에는 그런 사람이 오히려 정상적인 사람처럼 보인다. 최근에는 조류 독감, 사스, 대장균, 노로바이러스, 항생제 내성 세균, 에볼라 등의 발병과 급속한 확산으로 인해 사람들이 스스로를 안전하게 보호하려는 경향을 보이고 있다.

1990년대까지만 해도 항균 비누는 주로 병원에서만 사용되었지만 이후에는 일반 대중에게도 판매되기 시작했다. 하지만 그런 비누가

일반 비누보다 더 강한 세정력을 가진 것은 아니다. 게다가 그런 비누를 많이 사용하다 보면 정작 항생 물질이 필요할 때 우리 몸이 그것들에 대해 내성을 가질 수도 있다.

최근에는 악수를 꺼리는 사람들도 자주 보게 되는데, 그들은 악수를 피할 수 없는 경우 악수를 한 후에 곧바로 손을 씻거나 살균제를 바른다. 심지어 지하철 안에서 머리 위의 손잡이를 잡을 때 사용하는 휴대용 끈과 슈퍼마켓에서 카트 손잡이를 잡을 때 사용하는 비닐 커버 그리고 자외선으로 세균을 죽이는 칫솔통까지 판매되고 있다.

쇼핑카트 손잡이용 위생 덮개

뉴햄프셔에 사는 미씨 코헨-파이프는 자신의 갓난 아들이 슈퍼마켓 카트의 '세균으로 범벅이 된 손잡이'를 잡는 것이 마음에 들지 않았다. 그래서 그녀는 카트 손잡이를 덮을 수 있는 면 소재의 덮개를 만들었다. 그랬더니 슈퍼마켓에서 장을 볼 때마다 사람들이 어디서 그런 덮개를 살 수 있느냐고 물었고 결국 그녀는 베이브이즈Babe Ease라는 회사를 설립하게 되었다. 대형 매장을 직접 운영할 만큼 큰 회사로 성장한 베이브이즈는 현재 쇼핑 카트용 덮개, '때묻은 유아용 나무 의자'에 씌우는 덮개 그리고 기저귀 교환용 위생 깔개 등을 만들고 있다.

공중 목욕탕은 특히 많은 사람들에게 두려움의 대상이 된다. 그래서 생각해낸 해결책 중 하나가 바로 공중 목욕탕 혹은 공중 화장실 문고리 위에 설치된 플라스틱 상자인데 이 상자에서는 15분, 30분

전염병 예방 수칙

토론토의 한 응급실에
서 일하는 의사들은
"몇 가지 수칙
만 잘 지키면
전염병에 걸
리지 않을 수
있다"고 말한다. 그들이 말하는 전염병 예방 수
칙은 다음과 같다. 첫째, 독감 예방 주사를 맞는
다. 둘째, 주변에 새가 있는지 주의 깊게 살피고,
닭고기와 칠면조는 잘 익혀서 먹는다. 셋째, 손을
자주 씻고 재채기나 기침을 할 때에는 손으로 입
을 가린다. 넷째, 전염병 환자를 간호할 때는 위
생 장갑과 마스크를 사용한다.

또는 60분에 한 번씩 소독약이 분사된다. 그뿐만이 아니다. 공공장소에 가면 문 손잡이와 문고리 대신 팔뚝으로 문을 열 수 있도록 만든 U자 모양의 위생 손잡이를 볼 수 있다. 항균성 제품들은 점점 더 다양해지고 그럴수록 소비자들의 두려움은 커져만 간다.

엄격한 청결 기준과 위생 가설

오늘날 사람들은 무균 상태의 환경에서 살기 위해 최선을 다하고 있다. 하지만 과학자들은 그러한 삶이 바람직하지 않다고 말한다.

20세기 말, 북미 지역과 유럽에서 알레르기와 천식을 앓는 아이들의 수가 급격히 증가했는데 그 원인을 설명하기 위해 제시된, 영국 과학자 스트라찬 박사의 위생 가설Hygiene Hypothesis은 가히 충격적인 것이었다. 위생 가설을 한마디로 요약하면, 인간의 면역체계가 일정 수준의 박테리아를 필요로 한다는 것이다.

일정 수준의 박테리아가 유지되지 않으면 박테리아에 저항하는 백혈구인 세포성 면역 보조 T 림프구가 유도되지 않고 세균에 대항하는 백혈구인 체액성 면역 보조 T 림프구가 지나치게 활성화된다. 그리고 세포성 면역 보조 T 림프구에 대한 견제와 균형이 깨지고 체액성 면역 보조 T 림프구가 과잉 반응하게 되면 알레르기가 유발된다. 스트라찬 박사는 청결을 지나치게 강조하는 선진국들의 생활 양식이 오히려 인간의 건강에는 해로운 것이라고 말한다.

1980년 후반에 독일인 의사 에리카 폰 무티우스 박사는 동베를린 아이들과 서베를린 아이들 중 어느 쪽이 알레르기와 천식을 더 많이 앓는지 알아보기로 했다. 그는 깨끗한 환경에서 풍요롭게 사는 서베를린의 아이들보다 오염된 환경에서 궁핍하게 사는 동베를린의 아이들이 알레르기와 천식을 더 많이 앓을 것이라고 예상했다. 하지만 결과는 반대였다. 천식을 더 많이 앓는 것은 서베를린 아이들이었고 알레르기 반응을 더 많이 보이는 것도 서베를린 아이들이었다.

이후에 계속된 연구는 대단히 흥미로운 그림을 완성하기 시작했다. 형제 자매(특히 손위 형제 자매 그리고 여자 형제보다는 남자 형제)가 많은 아이들, 농장에 사는 아이들, 고양이를 기르거나 첫돌이 되기 전에 주간 돌봄센터에 보내지는 아이들이 알레르기성 질환에 가

장 강한 것으로 나타났다. 반면 알레르기와 천식을 잘 앓는 아이들은 어린이집 같은 곳에 다니지 않고 애완 동물도 기르지 않으면서 하루 다섯 번 이상 손을 씻고 한 번 이상 목욕을 하는 도시의 외동 아이들 이었다(부모님께 이렇게 말씀드려 보세요!).

위생 가설은 가설(충분히 증명되지 않은 생각이나 이론)에 불과하다. 하지만 많은 과학자들이 그것을 진지하게 수용하고 있다. '집먼지진 드기와 바퀴벌레가 천식의 발생과 관련이 있다'는 견해도 있고 또 동 물을 키우면 알레르기와 천식을 예방할 수 있다고 해서 동물들과 함 께 살거나 농장으로 이사를 갈 수도 없는 일이다. 그러나 우리가 시 도해 볼 필요가 있는 것은 '세균과의 전쟁을 벌이고 있다'는 생각 자 체를 버리는 것이다. 스웨덴에서 미생물 분야의 권위자로 활동하고 있는 토레 박사는 "더 더러워져야 한다는 것이 아니라 조금 덜 깨끗 해지려고 노력해야 한다는 것입니다"라고 설명한다. 이는 곧, 위험 할 정도로 불결한 상태가 되기 전까지는 우리의 엄격한 청결 기준을 어느 정도 완화해도 좋다는 말이다.

미생물에 대항할 수 있는 가장 좋은 방법

인간의 피부와 체내에 있는 100조 개 가량의 미생물들 대부분은 인간이 음식을 소화하고 질병이나 스트레스에 맞서 싸우는 것을 돕지만 그렇지 않은 것들도 있다. 그렇다면 유익한 미생물이 제 할 일을 하면서 동시에 해로운 미생물에 맞서 싸우게 하는 방법은 무엇일까? 가장 훌륭한 방법은 '손

씻기'이다. 사실 신체 접촉이 필요한 운동이나 농장 일이 아니라면 손목 위를 씻지 않는다고 해서 건강에 문제가 생기지는 않을 것이다.

손 씻기는 인류가 지금까지 해왔던 일들 중 하나다. 《오디세이아》에서 텔레마쿠스와 그의 가족은 기도나 식사를 하기 전에 손을 씻었고 중세의 기사들과 여성들도 무언가를 먹기 전에는 반드시 손을 씻었다. 특히 프랑스의 루이 14세는 몸의 다른 부위는 거의 씻지 않았어도 매일 아침 손 씻는 일만큼은 게을리하지 않았다. 오늘날에도 손 씻기의 중요성이 강조되는 것은 마찬가지다. 한 예로 미국 질병관리예방본부에서는 손 씻기를 "DIY 백신"이라고 부르는데 이는 곧 손 씻기가 그만큼 중요하다는 말일 것이다.

인간과 동물의 대변에는 대장균과 살모넬라균, 노로바이러스 같은 식중독 균들이 있다. 또한 인간과 동물의 배설물은 폐렴과 같은 호흡기 질환의 원인이 될 수도 있다. 화장실에서 용변을 볼 때나 기저귀를 갈 때 그런 세균들이 옮을 수 있고 또 입에 들어갈 수도 있다. 그리고 동물의 배설물이 묻은 신선육을 손으로 만져도 세균이 옮을 수 있다. 인간의 대변 1그램(종이 클립 하나 정도의 무게)에 1조 마리의 세균이 서식한다는 사실과 해마다 5세 이하의 아동 약 2백2십만 명이 설사병과 폐렴으로 죽어 간다는 사실을 잊지 말도록 하자. 비누로 손을 씻으면 전세계의 유아 설사 발병 건수를 3분의 1가량 줄일 수 있고 유아 폐렴 발생 건수를 6분의 1가량 줄일 수 있다.

깨끗하게 살 것이냐 아니면 더럽게 살 것이냐

21세기를 살고 있는 우리에게 청결은 어떤 의미를 가지고 있을까? 어떤 사람들은 박테리아의 증식을 막기 위해 항균 볼펜, 무균 계산기, 항균제가 내장된 운동복-섬유와 은, 탄소, 또는 세라믹이 결합된-을 구매한다. 또 어떤 사람들은 실험실처럼 깨끗한 환경에서 사는 것이 오히려 건강을 해칠 수 있다고 주장한다. 하지만 사람들 대부분은 북미 사람들처럼 위생적인 환경에서 살고 싶어 한다.

청결과 위생에 대한 이견들은 예전에도 있었고 지금도 있다. 고대 그리스인들은 냉수욕과 온수욕 중 어느 것이 옳은지를 두고 언쟁을 벌였고 프랑스 농부들은 씻기의 필요성을 강조하는 교사들의 노

위생 가설을 뒷받침해 주는 연구 결과들

　손으로 씻은 그릇보다는 식기 세척기로 씻은 그릇이 더 깨끗할 것이다. 그렇다면 식기 세척기는 과연 유익할까? 현재로서는 딱히 무어라 말하기 어렵다. 스웨덴에서 7~8세 아이들을 대상으로 진행된 한 연구에 따르면, 손으로 씻은 그릇, 그러니까 눈에 보이지 않는 징그러운 것들이 더 많이 묻어 있는 그릇을 사용하는 아이들이 식기 세척기로 씻은 그릇을 사용하는 아이들보다 습진, 천식, 건초열을 덜 앓는 것으로 나타났다.

　그렇다면 갓난 아기의 고무 젖꼭지를 빨아서 아기의 입 속에 넣어주는 것은 어떨까? 물론 깨끗하지 못하고 또 그렇게 할 필요도 없다. 그런데 스웨덴에서 진행된 연구 결과에 따르면 부모가 핥아 준 고무 젖꼭지를 입에 무는 아기가 물로 씻은 젖꼭지를 무는 아기보다 습진과 천식을 덜 앓는 것으로 나타났다.

　위의 두 연구는 위생 가설을 뒷받침해 준다. 두 돌 된 아기를 가진 한 어머니는 자신이 고무 젖꼭지를 빨게 되리라고는 꿈에도 생각해본 적이 없다면서 다음과 같이 덧붙였다. "가끔 우리 집 강아지가 우리 대신 고무 젖꼭지를 빨아 주는데 제가 보기에는 그것도 나쁘지 않은 것 같아요."

력에도 불구하고 물은 위험하다고 생각했다. 스페인의 이슬람교도들이 규칙적으로 몸을 씻었던 탓에, 기독교도임을 드러내고 싶어 했던 스페인 사람들은 더러운 몸으로 지낼 수밖에 없었다. 하지만 바로 그

손 씻기 오계명

1. 깨끗한 물(온수나 냉수)로 씻는다. 수돗물로 씻을 경우 비누칠을 하는 동안 수도꼭지를 잠근다.

2. 비누칠을 한 다음 손을 맞대어 비벼 비누 거품이 나게 한다. 손가락과 손가락 사이, 손등, 손톱 아래에도 비누칠을 해준다(미생물들은 손톱 아래를 특히 좋아한다).

3. 20초 이상, 즉 '해피버스데이Happy Birthday'를 두 번, 또는 '양키 두들 댄디Yankee Doodle Dandy'를 한 번 부를 수 있는 시간 동안 문질러 씻는다.

4. 깨끗한 물로 충분히 헹군다.

5. 깨끗한 수건으로 닦거나 건조기로 말린다(세균은 젖어 있는 손을 더 좋아한다).

스페인 사람들 때문에 깨끗했던 아즈텍족(族)이 혼란에 빠지고 말았다. 청결과 위생은 결코 간단한 문제가 아니었다.

북미 지역의 중산층 사람들은 인간의 노동을 대신하는 온갖 기기와 장치들이 가득한 집에서 온종일 컴퓨터 앞에 앉아 지내다 보니 씻지 않아야 할 이유도 없고 또 깨끗하게 청소하지 않을 이유도 없었다. 우리는 우리 몸에서 차나 열대 과일, 쿠키 향이 나도록 하는 비누와 소독제, 젤, 크림, 로션 등을 구입하는 데 해마다 수억 달러를 쓰고 있다. 이 일을 우리 선조들이 안다면 아마 크게 놀랄 것이다.

미래의 사람들에게 청결과 위생은 어떤 의미를 가질까? 한 가지 확실한 것은 지금으로부터 100년 후의 사람들이 현재 우리가 '깨끗하다'고 하는 것을 되돌아본다면 대단히 놀라거나 몹시 재미있어 할 것이라는 점이다.

공중 목욕탕의 부활

  욕실 딸린 아파트가 아주 드물었던 시절에 프랑스 사람들은 공중 목욕탕의 등장을 환영했다. 하지만 현대식 배관이 널리 보급되면서 대부분의 목욕탕이 철거되거나 다른 용도로 쓰이게 되었다. 그러다가 경기 침체와 이주 패턴의 변화를 계기로 공중 목욕탕이 다시 한 번 인기를 얻었는데 특히 경제적으로 취약한 사람들이 모여 사는 빈민가에서 큰 인기를 얻었다. 노동자들이 많이 거주하는 파리 북동부 지역의 경우 2000년부터 목욕탕 이용자 수가 늘어 해마다 약 9십만 명의 파리 시민들이 공중 목욕탕을 이용하고 있다. 프랑스의 또 다른 도시 릴의 경우도 마찬가지다. 동유럽에서 넘어온 집시 가족들을 포함하여 정기적으로 목욕탕을 이용하는 이주민들을 수용하기에는 공중 목욕탕의 수가 턱없이 부족한 형편이다. 그런가 하면 리옹에서는 몇 년 전까지만 해도 노숙자들이 주로 공중 목욕탕을 이용했지만 지금은 저임금 노동자와 건설 노동자, 학생 그리고 알바니아와 불가리아 출신의 난민들이 주로 공중 목욕탕을 이용하고 있다.

이미지 크레딧

Front cover: tub, mirror, chair, wallpaper, © iStock.com/AlexandrMoroz, ceramic tiles, © Robertds/Dreamstime.com, steam, © Denitsa Glavinova/ Dreamstime; 3, 35, © Palex66/Dreamstime.com; 9, © iStock.com/Linda Steward; 10, © Maurie Hill/Dreamstime.com; 11, Wellcome Library, London: http://creativecommons.org/licenses/by/4.0/; 12, Science Museum, London, Wellcome Images: http://creativecommons.org/licenses/by/4.0/: note: original image close-cropped; 15 top, © iStock.com/Bruno_il_ segretario; 15 bottom, © Iakov Filimonov/Dreamstime.com; 17, Wellcome Library, London: http://creativecommons.org/licenses/by/4.0/: note: original image close-cropped; 18, © Atosan/Dreamstime.com; 19, Gift of Jo and Howard Weiner, courtesy The Museum of Photographic Arts; 22, Wellcome Library, London: http://creativecommons.org/licenses/ by/4.0/: note: original image slightly cropped; 23, © iStock.com/wahahaz; 25, © iStock.com/Jasmina Mihoc; 26 top, © Bufka/Dreamstime.com; 26 bottom, © Thedreamstock/Dreamstime.com; 27, © iStock.com/nicoolay; 28, Library of Congress, Reproduction Number: LC-USZ62-95240; 31, © Muslianshah Masrie/Alamy Stock Photo; 33 (cropped), © INTERFOTO/ Alamy Stock Photo; 33 frame, 41 frame, 43 frame, 47 bottom frame, gillmar/ Shutterstock.com; 36, © iStock.com/duncan1890; 37 top, © Walker Art Library/Alamy Stock Photo; 37 bottom, Library of Congress, Reproduction Number: LC-USZC4-8455; 39, © iStock.com/AxPitel; 40, © Ann Moore/ Dreamstime.com; 41 (cropped), © Heritage Image Partnership Ltd/Alamy Stock Photo; 43, Clipart.com; 44, Library of Congress, Reproduction Number: LC-DIG-ggbain-19518; 45, © iStock.com/HultonArchive; 46,

참고도서

Arvigo, Rosita, and Nadine Epstein. Spiritual Bathing: Healing Rituals and Traditions from Around the World. Berkeley, CA: Celestial Arts, 2003.

Bushman, Richard L., and Claudia Bushman. "The Early History of Cleanliness in America." Journal of American History 74 (March 1988): 1213 – 38.

Carcopino, Jerome. Daily Life in Ancient Rome. Trans. E. O. Lorimer. New York: Penguin, 1991.

Clark, Scott. Japan: A View from the Bath. Honolulu: University of Hawaii Press, 2004.

Classen, Constance, David Howes, and Anthony Synnot. Aroma: The Cultural History of Smell. New York: Routledge, 1994.

Connolly, Peter, and Hazel Dodge. The Ancient City: Life in Classical Athens and Rome. Oxford: Oxford University Press, 1998.

Corbin, Alain. The Foul and the Fragrant: Odor and the French Social Imagination. Trans. Miriam L. Kochan, Roy Porter, and Christopher Prendergast. Cambridge, MA: Harvard University Press, 1986.

De Bonneville, Fran oise. The Book of the Bath. Trans. Jane Brenton. New York: Rizzoli, 1998.

Duby, Georges. A History of Private Life, II: Revelations of the Medieval World. Trans. Arthur Goldhammer. Cambridge, MA: Harvard University Press, 1988.

Elias, Norbert. The Civilizing Process: The History of Manners. Trans. Edmund Jephcott. Oxford: Basil Blackwell, 1978.

Fagan, Garrett G. Bathing in Public in the Roman World. Ann Arbor, MI: University of Michigan Press, 1999.

Flanders, Judith. The Victorian House. New York: HarperCollins, 2003.

Giedion, Sigfried. Mechanization Takes Command: A Contribution to Anonymous History. New York: W. W. Norton, 1969.

Goubert, Jean-Pierre. The Conquest of Water: The Advent of Health in the Industrial Age. Trans. Andrew Wilson. Princeton, NJ: Princeton University Press, 1989.

Hamilton, Gerry. "Why We Need Germs." The Ecologist Report (June 2001), www.mindfully.Org/Health/We-Need-Germs.html.

Hoy, Suellen. Chasing Dirt: The American Pursuit of Cleanliness. New York: Oxford University Press, 1996.

Ierley, Merritt. The Comforts of Home: The American House and the Evolution of Modern Convenience. New York: Three Rivers Press, 1999.

Ladd, Brian K. "Public Baths and Civic Improvement in Nineteenth-Century German Cities." Journal of Urban History 14, no. 3 (May 1988): 372 – 93.

Lam, Vincent, and Colin Lee. The Flu Pandemic and You: A Canadian Guide. Toronto: Doubleday Canada, 2009.

Miner, Horace. "Bodily Ritual Among the Nacirema." American Anthropologist 58 (1956): 503 – 7.

Perrot, Michelle, ed. A History of Private Life, IV: From the Fires of Revolution to the Great War. Trans. Arthur Goldhammer. Cambridge, MA: Harvard University Press, 1990.

Salkin, Allen. "Germs Never Sleep." The New York Times, November 5, 2006.

Schaub, Bianca, Roger Lauener, and Erika von Mutius. "The Many Faces of the Hygiene Hypothesis." Journal of Allergy and Clinical Immunology 117 (2006): 1969 – 77.

Sivulka, Juliann. Soap, Sex, and Cigarettes: A Cultural History of American Advertising. Belmont, CA: Wadsworth, 1998.

─────────. Stronger Than Dirt: A Cultural History of Advertising Personal Hygiene in America, 1875 – 1940. Amherst, NY: Humanity Books, 2001.

Specter, Michael. "Germs Are Us. Bacteria Make Us Sick. Do They Also Keep Us Alive?" The New Yorker, October. 22, 2012. www.newyorker.com/magazine/2012/10/22/germs-are-us.

Vigarello, Georges. Concepts of Cleanliness: Changing Attitudes in France Since the Middle Ages. Trans. Jean Birrell. Cambridge, UK: Cambridge University Press, 1988.

Vinikas, Vincent. Soft Soap, Hard Sell: American Hygiene in an Age of Advertisement. Ames, IA: Iowa State University Press, 1992.

Williamson, Jefferson. The American Hotel: An Anecdotal History. New York: Knopf, 1930.

Yegul, Fikret. Baths and Bathing in Classical Antiquity. Cambridge, MA: MIT Press, 1992.

찾아보기

〈ㄱ〉

건강 13, 18~19, 67, 70, 72, 82, 98, 106,
    125, 131, 148, 155, 161, 167,
    169~170
결혼식 137
계단식 우물 58
고대 그리스 24, 26, 29~30
고대 로마 33~34, 46, 48, 152
고대 이집트 31
공중 목욕탕 15~16, 27~28, 33~34,
    36, 43, 53~55, 58, 66, 90, 93, 95,
    102~103, 119, 152, 165, 173
광고 127, 129~131, 133~141, 150, 155,
    162
구취 136~138, 141
기독교 49, 121, 171

〈ㄴ〉

남북전쟁 18, 116~118
네스토르Nestor 24~25

〈ㄷ〉

독일 54, 66~67, 91, 95, 99, 101,
    103~104, 167

〈ㄹ〉

램버트 파머컬Lambert Pharmacal 136~138
로널드 레이건Reagan, Ronald 151
로물루스 아우구스툴루스Romulus
    Augustulus 46
루이 14세 69~70, 74, 169
루이 16세 85~86
리스테린 136~139
리처드 러셀Russell, Dr. Richard 82

〈ㅁ〉

마르코 폴로Marco Polo 56
마리 앙투아네트Marie Antoinette 85~86, 170
마사지 35, 56, 67, 82, 102, 105
매리 킹슬리Kingsley, Mary 105
머피 박사Murphey, A. D. 139
메리 워틀리 몬터규 Montagu, Lady Mary Wortley
    90
멕시코 52
목욕탕 13, 15, 16, 27~28, 33~36, 43, 46,
    48, 53~56, 58, 66, 90, 93, 95~96,
    102~104, 119, 137, 152, 165, 173
미생물 161~164, 168~169, 172
미씨 코헨-파이프Cohen-Fyffe, Missy 165
미크바mikveh 91

〈ㅂ〉

베니토 무솔리니Mussolini, Benito 137

베이브이즈Babe Ease 165

부커 워싱턴Washington, Booker 118

불가리아 90, 173

불교 37, 47

비누 15, 18, 39, 44, 46, 51, 54, 65, 67,
 97, 116, 125, 127, 129, 130~135,
 140, 154~155, 164~165, 170, 172

빅토리아 여왕Victoria, Queen of England 102

〈ㅅ〉

살균제 135, 165

샤를로트 코르데Corday, Charlotte 89

샤워 29~31, 99, 109, 111~112, 138, 150,
 153~155

샴푸 102, 140, 154~155

선(腺)페스트 55

성 토마스 아퀴나스St. Thomas Aquinas 55

세균 134, 163~168, 170

세네카Seneca 36

소독제 32, 136

소변기 99

손 씻기 169, 172

스미어링smearing 135

스웨덴 145, 168, 171

스트라찬Strachan, D. P. 166~167

스파르타 23, 25, 32, 34

스페인 52, 55~56, 74, 116, 171~172

식기 세척기 171

〈ㅇ〉

아더 영Young, Arthur 87

아리스토파네스Aristophanes 31

아시시의 프란치스코 성인St. Francis of Assisi
 51

아즈텍(족) 16, 37, 52, 119, 172

아테네 27, 29, 31~32

아프리카 15, 105, 118, 120, 135, 152

에두아르 마네Manet, Edouard 104

에드워드 베이너드Baynard, Edward 82

에리카 폰 무티우스Von Mutius, Erika 167

엘라 사이크스Sykes, Ella 124

엘리자베스 몬테규Montagu, Elizabeth 90

오도아케르Odoacer 46

오디세우스Odysseus 23~26

오디세이아Odyssey 25~26, 169

온천 18, 37, 53, 56, 70

욕실 13, 28, 31, 34, 43~44, 53, 99, 104,
 114~115, 123~124, 138, 147~149,
 151~152, 173

욕장 35, 37, 46, 48, 119, 137

욕조 24, 26~27, 30~31, 47, 53, 57,
　　　88~91, 96, 100, 104~105,
　　　122~124, 131, 151~152
위생 가설 166, 168, 171
유대교 91
이그나츠 젬멜바이스Semmelweis, Ignaz 134
이사벨라 공주Isabella Princess 74
이슬람교 18, 53, 57, 66~67, 91, 171
이탈리아 33, 54, 56, 69, 74, 137, 138
인더스 문명 28, 119
인도 28, 57~58, 102, 150
일본 37, 47, 70, 122, 152~153
입 냄새 137

〈ㅈ〉
자바섬 155
장 자크 루소Rousseau, Jean-Jacques 83~84,
　　　86
장폴 마라Marat, Jean-Paul 88~89
제임스 웹 영Young, James Webb 139~140
존 로크 박사Locke, Dr. John 79~81, 83
중국 16, 36, 56, 70, 119, 141
증기욕 90
짐바브웨 15, 135

〈ㅊ〉
청결 11, 13~18, 21, 27~28, 31, 49, 52,
　　　57, 69~72, 81, 83~84, 87, 91,
　　　100~102, 106, 113~114, 117~122,
　　　124~125, 136, 138, 140~141, 145,
　　　149, 159, 163, 166~168, 170, 172
치약 52, 141

〈ㅌ〉
타르야 할로넨Halonen, Tarja 157
탈취제 52, 138~140, 150
터키탕 48
텔레마쿠스Telemachus 23~26, 169
토레Midtvedt, Tore 168

〈ㅍ〉
파키스탄 28
페넬로페Penelope 23, 25~26
페스트 58
프랑스 14~15, 51, 56~57, 63, 65, 67, 69,
　　　74, 83~89, 91, 101, 104, 106~107,
　　　116, 138, 152, 169~170, 173
프록터 앤 갬블Procter & Gamble 132~133
플로렌스 나이팅게일Nightingale, Florence
　　　117
핀란드 18, 66, 72~73, 157

〈ㅎ〉

하맘Hamam 43, 45~46, 48, 90

한증막 38, 73, 121~123

할리 프록터Procter, Harley 132~133

항균 비누 164

항생 물질 165

항생제 164

해리엇 뉴웰 오스틴 Austin, Harriet Newell 97

헬렌Helen[of Troy] 25

호메로스Homer 25~26

화장실 52, 55, 87, 101, 115, 153, 165, 169

흑사병 55~57

히에로니무스 카르다노Cardanus, Hieronymus 69

히포크라테스Hippocrates 29

힌두교 57, 91

시시콜콜 목욕의 역사

왜 우리는 씻기 시작했을까?

초판 1쇄 | 2019년 2월 20일
초판 2쇄 | 2020년 6월 20일

지은이 | 캐서린 애쉔버그
그 림 | 카푸신 마질
옮긴이 | 이달와
편 집 | 이재필
디자인 | 김남영
펴낸곳 | 도서출판 써네스트
펴낸이 | 강완구
출판등록 | 2005년 7월 13일 제 2017-000293호
주 소 | 서울시 마포구 망원로 94 2층 203호
전 화 | 02-332-9384 팩 스 | 0303-0006-9384
이메일 | sunestbooks@yahoo.co.kr
홈페이지 | www.sunest.co.kr
ISBN | 979-11-86430-85-9(43900) 값 12,000원

이 도서의 국립중앙도서관 출판예정도서목록(CIP)은 서지정보유통지원시스템 홈페이지(http://seoji.nl.go.kr)와 국가자료공동목록시스템(http://www.nl.go.kr/kolisnet)에서 이용하실 수 있습니다.(CIP제어번호 : CIP2019001131)